一品仵作

壹

MY FIRST CLASS
CORONER

鳳今

目錄

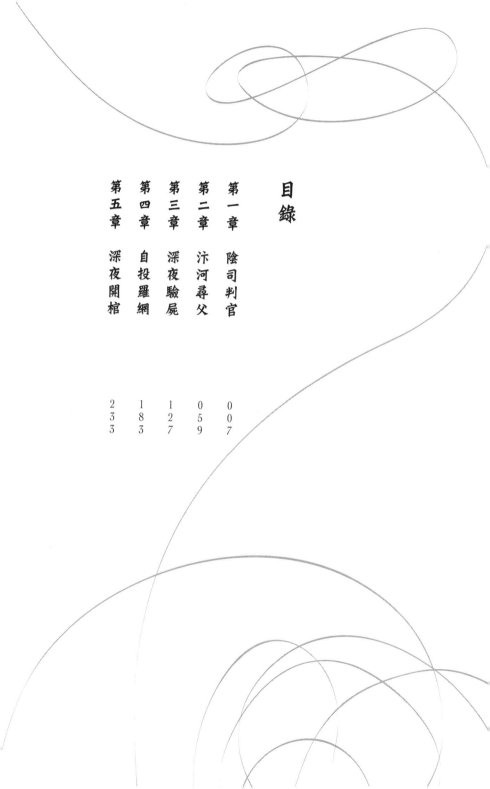

第一章

陰司判官

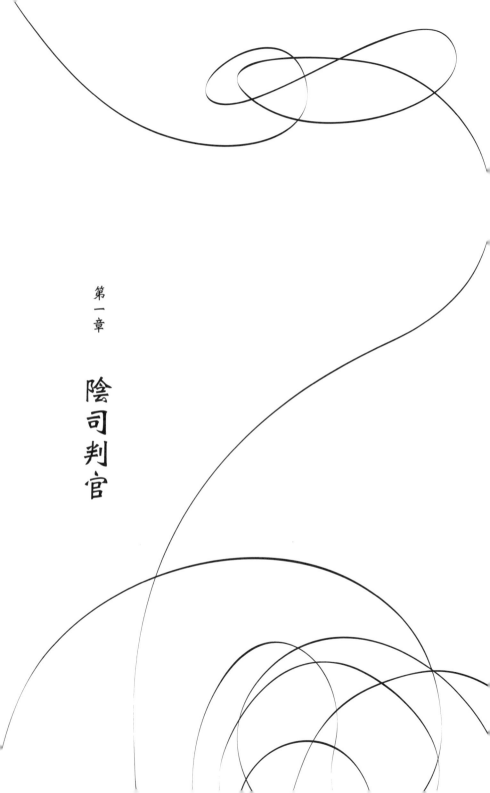

大興元隆十八年，六月初二。

古水縣，趙家村。

大清早的，剛下過雨，村裡泥路難行，趙大寶家門口卻被村人圍得裡三層外三層。裡頭村長、保長都在，連族公都驚動了。外頭，村裡老少探頭探腦，不多時，便見屋裡押出一人來。

正是趙大寶。

趙大寶已被五花大綁，由村裡兩個青壯年押著，一路推擠，一路喊冤：「族公！我冤枉！」

「你冤枉？趙大寶，昨兒夜裡街坊鄰里都聽見你和你家婆娘吵嘴了，你家婆娘吵嚷得厲害，你還嚷著要打殺了她。後半夜她便吊死在了房梁上，此事也太湊巧。」

「我、我那只是一時氣話，怎知她半夜裡想不開，竟吊死了！」

「哼！怕是你狠心殺了你家婆娘，又怕擔人命官司，便將她掛去房梁，故作吊死的吧？」屋裡有人哼了一聲，跟在族公、村長等人後頭出來，穿一身粗緞袍子，滿面油光。

「趙屠子，我與你無冤無仇，你為何誣陷我！」趙大寶急紅了眼。

趙屠子又一哼，掃了眼屋子周邊的村人，故作姿態地朝眾人拱了拱手，道：「各位老少，咱們都是聽著老輩人的故事長大的，都曾聽過吊死鬼吧？那吊死的人，舌頭都老長，有的足有三寸！趙大寶家的婆娘吊在房梁上，那舌頭半點也未吐出口外，豈不蹊蹺？方才，我與族公等人進屋將人從梁上放下，你們猜，怎麼著？」

屋外無聲，百十來口人眼巴巴盯著趙屠子，好奇心被吊得老高，急等他的下文。

趙屠子頗有面子地咳了一聲，這才提高聲音道：「趙家婆娘脖子上的繩索套得死緊，怎麼也取不下來！這人若是自個兒吊死的，繩套大小自然要容得下腦袋鑽進去。可趙大寶家的婆娘，繩套死死纏在脖子上，取都取不下來！試問，死後取不下來，生前她又是怎麼套進去的？這分明就是有人將其勒死，再吊去房梁上的！」

屋外依舊無聲，半晌才漸有人想通，發出陣陣恍然之聲。

「趙大寶，這回你無話辯解了吧？」趙屠子面有破案的容光，對身前三位老者道：「族公，村長，保長，帶他去見官吧！」

兩個押著趙大寶的青壯年又開始推擠，趙大寶百口莫辯，急得面色漲紅，回身掙扎。

「族公！我真是冤枉的！您老是看著我長大的，我豈是那殺妻的狠毒之人？我家婆娘凶悍，哪回吵嘴廝打，吃虧的不是我？昨晚我氣急，是曾喊嚷著遲早打殺了她，可那是氣話，我不敢真下此狠手啊！族公，我家婆娘去了，家中還有一雙兒女，我若含冤，他們要如何過活？求您老可憐可憐我家兩個娃子，莫聽這趙屠子的話！」

為首的老人花白鬍鬚，身形佝僂，聽聞此話回頭看了眼屋裡哭著的一雙幼兒，臉上終是露出不忍，嘆了口氣對那兩名青壯年道：「罷了，去趟縣裡，請暮姑娘吧。」

屋裡屋外聽聞此言，都靜了靜。

兩名青壯年只好放開趙大寶，走出院子。院子外頭，村人自動讓出一條路來，看著兩名年輕人遠遠離去。

目光尚未收回來，人群裡便傳來一道幼童稚嫩的聲音：「暮姑娘是誰？」

一位老人看向自己身旁的小孫子，笑著摸摸他的頭，「暮姑娘啊，她是縣衙仵作暮老的女兒。三歲便跟隨暮老出入城中義莊公衙，習得一手驗屍的好本事，可謂青出於藍，能耐不在暮老之下。」

幼童眼睛瞪得大大的，「女子？」

他雖年幼，卻也知道，縣衙裡威風八面的公差都是男子。

「可不是嗎……女子。」老人笑了笑，一嘆，「怕是我大興唯一的女仵作了。」

「女官差？」幼童稀奇道。

「也並非官差。女子終是不能為官的，暮姑娘未曾在縣衙奉職，只是驗屍手段頗為高明，知縣大人允她隨父出入義莊公衙，暮老不在城中之時，若發了案子，便由她看驗。」

「好厲害！」幼童瞪著大眼，在他眼裡，能和官差一樣辦案子的人都是厲害人物。

「厲害嗎……唉！」老人嘆了口氣，笑容淡了淡，「是厲害，可終究是個可憐女子。」

「可憐？」

「可憐啊！生在暮家，是她命不好。」老人轉頭，遠遠望向縣城的方向，音調悠遠，似在講述一個故事：「我朝啊，仵作乃賤役。與死人打交道的人，整日看驗那些枯骨爛腸的，身上沾著死人氣，走在街上狗聞見了都要叫兩聲。貴人們覺得晦氣，自不願為。自古仵作這一行，便是由賤民擔當的。暮老雖是縣衙仵作，官職在身，卻在賤籍。暮姑娘生在暮家，自然也落在賤籍。這倒也罷了，她娘還是個官奴。」

「官奴？」

「可不是？她娘那一族啊，聽說原先風光著，在盛京都是世家望族。可惜朝中爭鬥，十八年前獲了罪，族中男子皆被處死，女子發落成官奴。她娘被發來古水縣，當時的知縣大人瞧中了，欲納之為妾，府中大夫人不容，她娘也不願，便求嫁給了暮老。堂堂官家千金，最後嫁了個仵作，唉！也是可憐人。偏天不佑可憐人，她剛嫁人沒兩年，便因難產去了。」

老人重重嘆了口氣，「暮姑娘生下來，她娘便嚥了氣，算命先生批她命硬，縣城裡的奶娘都怕被她剋著，不肯餵養她。暮老請不著奶娘，又不忍女兒餓死，便來咱們村裡買了兩隻下奶的母羊，又當爹又當娘地把她拉扯成人。因算命先生說她身上煞氣重，唯有與死人一起才養得活，暮老便求了知縣大人，三歲便將她帶在身邊出入城裡停屍的義莊，將一身驗屍的本事都傳了她。說來也奇，自打暮老帶著女兒去義莊，咱們縣裡凡是出了案子，沒有破不了的！這案子破得多了，知縣大人的官聲自然就高了，這些年來咱們這兒的知縣，沒有不升官的！縣城裡的人都說，這位暮姑娘煞氣重，許是陰司判官轉世，雖懼她懼得很，倒也敬得很。連知縣大人都由著她出入公衙，儼然便是衙門裡的女仵作。」

幼童聽得入了迷，覺得這故事比娘睡前講的好聽多了。

身旁老人輕快起來的語氣卻又沉了下來，嘆道：「唉！即便如此，暮姑娘到底是女子。她這等出身，這等傳聞，只怕日後難以嫁個好人家。可憐了她一張好容顏，頗似她那故去的娘親。」

「好容顏？有多好？比村裡阿秀姊還要好嗎？」幼童好奇問。

老人笑了笑，摸摸孫子的頭，「等人來了，一見便知。」

六月江南，正是雨時。

半夜裡剛下過雨，清早天晴了不多時，便又飄起雨來。

江南煙雨，覆了村前曲路，濛濛雨霧裡，依稀有人來。

等候的村人齊望向村口，幼童撐著傘，興奮地鑽去最前頭，踮腳望著路盡頭。

路盡頭，來人行得緩，風低起，霧輕籠，裙角素白。一柄油傘，半遮了面容，執傘的一截皓腕凝霜勝雪，傘上青竹獨枝，雨珠落如玉翠。

天地靜，獨留雨聲。來人行至屋前，村人想起她陰司判官的名號，呼啦一聲散開，目光果真是有懼有敬，看著她收起油傘，望向屋內。

傘收起，幼童忽地瞪大眼。

只見少女靜立雨中，碧玉年華，翠竹青簪，綰一段青絲，風拂過，脊背挺如玉竹，風姿清卓。那容顏，一筆難述，只覺世間唯有這樣一副容顏，才可襯得住這樣一身清卓風姿。當真是雨中人似竹，皓腕凝霜雪；風姿清卓絕，佳人世無雙。

人間只道君子如竹，未曾想，世間竟有女子有此風姿。

村中人淳樸，不識文墨，亦不懂讚美，但便是村中幼童也能看得出，與眼前少女相較，村中阿秀的好容顏不過是脂粉顏色。

風似休住，人群寂寂。房簷下三位老者已起身，正欲迎出，少女先一步對三位老者禮道：「三位族老。」

她聲音雖淡，雨中卻別有一番清音。三位老者見她禮數周全，卻不敢托大，忙請道：「多謝暮姑娘雨天來此，趙大寶家的事，想必妳路上已聽說了。人已放到屋中地上，快請進去瞧瞧吧。」

暮青頷首，抬腳走進院中，人進了屋，院中留下淡淡藥香。屋外幼童聞著風中藥香，抬頭看爺爺，童真的眼中有些不解，不是說仵作身上都有一股子不太好聞的枯骨爛腸的味道嗎？怎麼這暮姑娘身上倒聞不出？

那藥香頗清新醒神，好聞著呢！

外頭，村人們撐著傘又開始等。

院子裡，趙大寶五花大綁坐在泥濘地上，身上已然溼透，卻緊盯著自家屋子緊閉的大門，一雙眼裡盛滿希冀。

一盞茶的工夫，門開了。

暮青走出來，村裡百十口人目光齊刷刷看向她。

「自縊。」她性子頗淡，話也簡潔，對趙大寶來說，卻是此生聽過的最重的兩個字。

兩個字，洗了他的冤屈，活了他的性命。

圍觀的村人們譁的一聲，議論紛紛，方才趙屠子明明說得頭頭是道，趙大寶家的婆娘應是被人勒死吊去房梁的，怎才不過個把時辰，就變成了自縊？

但暮青說的話，無人不信。她經手的案子，就沒有錯過！

只是眾人不明白——為什麼？

「這不可能！」院子裡忽然傳來一聲高喊，有人跳出來，滿臉不信服。

正是趙屠子。

「這不可能！人應是被勒死吊去房梁的，我不可能看驗錯！」趙屠子道。

暮青立在房門口，循聲望去，「你是仵作？」

趙屠子一噎，「這……不是。」

「他是村中屠戶，名喚趙興安，我們大夥兒平日裡都喚他趙屠子。」族公從屋裡出來，在暮青身後道。

屠戶，殺豬的。

「人是豬？」暮青目光淡了淡。

「咳！」族公和村長等人在後頭齊齊一咳，這姑娘……

人雖不是豬，可屠戶看驗屍身，並不違律例。

仵作一行，原本就起於殮葬、屠宰之家。在未曾有仵作一行時，發了人命案子，便由賤民看驗，而後報告給官府。這賤民中，便包括市井混混和屠戶。

屠戶殺豬宰牛，對刀傷最為了解。市井混混成日毆架，對打傷頗有眼力。因此，此兩種人看驗屍身後的看法，頗得官府採信。

後來，官府將有驗屍經驗之人招入官衙，專門看驗屍身，這才生出仵作一行來。只是仵作雖有官職和俸祿，卻仍在賤籍，自好者多不願為，因此至今朝廷各州縣，在官衙沒有仵作奉職的情況下，仍沿襲舊制，讓屠戶來驗屍。

趙屠子今日看驗屍身，並無不妥。只是這暮姑娘，似對此頗有微詞。

趙屠子臉色漲紅，他雖是屠戶，在村中也算富足，便是去趟縣城裡，跟衙門裡的公差也是能搭上幾句話的。人貴在富足，有銀子便有臉面，還從未有人因他是殺豬的而羞辱於他！這暮姑娘，明擺著是譏諷他將人當成豬來驗！他驗屍，一不違律例，二認為自己沒有驗錯，憑什麼受人譏諷？

「我朝官府並未廢止屠戶驗屍的律例，暮姑娘對此可是有意見？」趙屠子不忿，張口便將官府律例搬了出來。

「有。隔行如隔山。」暮青道。

趙屠子一噎，未曾想到他都把官府律例搬出來了，暮青竟敢如此直截了當。他被噎得一時喘不來氣，待緩過神來，更是憤慨難當，冷笑道：「隔行如隔山？那我倒想見識見識，仵作行起於咱們屠宰行，能隔出多遠去！既然暮姑娘說是自縊，不妨說給大夥兒聽聽，讓咱們村裡的老少都來評評！」

趙屠子一掃屋子周邊的村人，果見眾人一聽這話都來了精神。

「怎樣？」趙屠子昂首挑釁，他並不打算給暮青拒絕的機會。今日他本該受村人讚譽，卻因她受此譏諷，他定要為自己討個公道！若是她錯了，倒要看看她那陰司判官的名號保不保得住！

「暮姑娘看驗過那麼多的屍身，不會不知道上吊的人，舌頭都是伸出來的吧？趙大寶家的婆娘，舌頭可是半分也未伸出口外的！對此事，暮姑娘怎麼解釋？」趙屠子大聲問道，目光挑釁。

村人們齊刷刷望向暮青，老輩人故事裡的吊死鬼，舌頭都可嚇人了……趙家婆娘的舌頭沒伸出來是怎麼回事？

「誰告訴你，吊死的人，舌頭都會伸出口外的？」門口，少女靜立如竹，目光清寒。

出口的話讓整個院子都靜了。

趙屠子瞪圓了眼，一時以為聽錯了。

「自縊死者，舌伸出與否與繩索壓迫部位有關。若繩索壓於喉嚨下方，人吊起，舌根前提，舌便會伸出口外。若繩索壓於喉嚨上方，舌根壓向咽後，舌便不可能伸出口外。趙家婦人的鎖痕正在喉嚨上方。」

古代仵作屍檢，常將舌頭是否伸出做為判斷自縊的特徵。現代法醫並不認可這一點，實際上，自縊者的舌大多位於齒後或齒間，伸出的才不多見。將舌是否伸出做為標準，實是害人。

暮青自來了村中，話多簡潔，頭一回解釋這許多，院裡院外卻一時無聲。半晌，有人開始拿手掐自己的脖子，一會兒掐在喉嚨上，一會兒掐在喉嚨下，反覆幾回，似明白了其中道理，不由眼睛瞪大。

趙屠子忽然扭頭進了屋裡，盯著趙大寶家婆娘脖子上的索痕瞧了很久，臉色鐵青地出來，「那妳又怎麼解釋那繩索？那繩索可是死死纏在脖子上的！妳倒是說說，她生前是怎麼自己把頭伸進去的？」

暮青不言，回頭也進了屋，出來時手中拿著條繩索，不聲不響便開始繞繩結。

少女手指纖長，如蔥如玉，煙雨裡羊脂般好顏色，繩結於她手中繞得分外好看，三兩下便成一結。暮青抬首，院中一株棗樹，揚手一拋，手中繩索便套入枝頭，反手一拽，那繩結眾目睽睽下倏地收緊，死死纏住了枝頭！

「繩套有死結活結之分。死結大小固定不變，生前如何套入，死後就能如何取下。活結的大小則因繩結的滑動而改變，趙家婦人脖子上的結便是活結。此結名為步步緊，遇重則收緊，生前套入，死後自然取不下。」暮青鬆手，繩索飄蕩於枝下，村人們盯著那繩索，面色讚嘆。

這吊死，還有這許多門道？

趙屠子臉色一會兒青一會兒白，死死盯著那繩索，拳頭緊握，仍在掙扎，「那、那也不能說明人是自個兒吊死的！興許是趙大寶結了這結，勒死了婆娘呢？有何證據表明這結是他家婆娘自個兒結的？」

「活結索痕，於頸後八字交匝，乍看之下的確像被人勒死的。此需細辨。若被勒死，索痕只於頸後八字交匝。若是自縊，索痕則稍向上彎，此乃因體重牽引所致。你可再去細瞧瞧趙家婦人頸後的索痕。」

暮青話音剛落，趙屠子便急急進了屋。

這一回，半晌才出來，出來時人已滿面通紅，神色複雜，垂首如鬥敗公雞。他低頭不敢再看暮青，腦子只餘那句「隔行如隔山」。

趙家村三位長者從屋裡出來，村長忙對院中的兩名青壯年道：「快！快給大寶鬆綁！」

保長轉身對趙屠子斥道：「你啊你！只知逞能耐，大寶一條性命險些誤在你手上！」

族公則對暮青一禮，「老朽代大寶和兩個娃子，多謝暮姑娘！」

暮青忙伸手將族公扶起，屋中哭著跑出兩名孩童，與院中淋得溼透的趙大寶抱頭痛哭。

院外，圍觀的村人已激動歡呼，讚嘆不絕！

「陰司判官，果真名不虛傳！」

「隔行如隔山，真是不服不行！」

「若非暮姑娘，大寶便要蒙冤了。趙屠子，你逞哪門子能耐！險些害人！」

趙屠子臉色漲紅，頭都不敢抬。

仵作行雖起於殮葬、屠宰之行，如今已然隔出甚遠了。

暮青轉身看了他一眼，淡道：「人雖不是豬，有時卻不如豬。」

趙屠子猛地抬頭，羞憤握拳，臉上像被人打了一巴掌。

旁邊三位老者嘆了口氣，今日若非族公瞧趙大寶的兩個娃子可憐，起了憐憫之心，差人請了暮青來，只怕趙大寶便要被綁送衙門。如今暮老不在城中，趙屠子的驗詞頭頭是道，朝廷又未廢止屠戶驗屍的律例，知縣大人若採信，一條性命便會就此冤了去，那兩個娃子也會就此孤苦無依。

這位暮姑娘，話雖毒了些，可比起一條性命，這一句罵實不算重！

「沒有金剛鑽，莫攬瓷器活。你今日攬下的，是人命！」暮青淡淡看著趙屠子，撂下一句話後，便與三位老者行了禮，出言告辭了。

趙屠子一震，他雖不知金剛鑽是何物，但後半句之重，卻如重錘砸於胸口。待他再抬頭時，只見暮青已行至院門口，村裡老少激動地讓開一條道路，與她來時相比，村人們臉上已退去先時懼意，徒留敬意。

趙大寶牽著兩個幼童從院裡奔出來，跪在泥濘路上，磕頭相送。

少女卻如來時一般，撐起青竹油傘，漸漸去得遠了。

趙家村離古水縣二十里，官道旁，一條曲水河蜿蜒流淌。細雨風清，河面騰起的薄霧遮了半河的蓮紅綠水樓船麗舫。

暮青執著傘，伴半河如畫風光，行得輕緩。

才行出約莫一里路，她抬眸，遠望，目光一冷。

前方，兩人擋住了她的去路。

兩個漢子，一人三十來歲，生得五大三粗，一人十八、九歲，也頗壯實。兩人擋在前方，目光凶煞裡透出幾分驚豔。

暮青將兩人的神色看在眼裡，腳步卻未停，依舊走她的路。

兩人醒過神來，眼中透出幾分驚詫來。攔路的買賣做得多了，鎮定的主兒也不是沒見過，卻從未見過敢這般無視他們的。

「小娘子好大膽子！竟不怕我兄弟兩人。」

「青天白日，官道攔路，我看膽子大的人是你們。」暮青停在兩人三步外，煙雨幾重，染了少女眉眼，初夏裡生著幾分清寒。

「青天白日？」先頭說話的少年怪異地抬頭望了望天，這天兒陰沉沉地下著雨，連個日頭都瞧不見，哪來的青天？

「少他娘的來這套！這年頭，朝廷昏庸，狗官遍地，哪來的青天！實話告訴小娘子，妳得罪了人，有人出一百兩銀子要妳的命！今兒這官道，小娘子怕是過不去了。」

「想過去也不是不成，旁邊就是林子，小娘子隨咱們兄弟到林子裡，伺候舒服了咱們，說不定……嘿嘿！」另一名漢子肆意地打量著暮青，手一指旁邊的林子，笑著露出一口黃牙，等著看她驚慌失措淚眼婆娑的嬌態。

可惜，沒能如願。

只見得，青竹傘下，少女淡立，煙雨籠了素衣纖骨，鳳目輕垂，淡若秋水，一身藥香伴了清風。

聽她問：「訂金，收了嗎？」

兩人被這沒頭沒腦的話問得一愣，先頭說話的少年下意識地摸了摸胸口，所謂拿人錢財與人消災，沒有訂金的買賣誰放心做？

可她問這幹什麼？

劫道兒的買賣兩人沒少做，見的不是求饒的就是問買凶人是誰的，今兒還是頭一回遇見問訂金的人，她難道不該先問問是誰想要她的命？

兩人還沒想明白，暮青的目光已從那少年摸著的胸口前掠過，點頭，「嗯，那就好。」

什麼意思？

兩人又懵住，暮青已作勢收傘。

只見青竹傘慢遮了少女面容，傘面雨珠兒落，官道兒煙雨薄，少女收傘之舉漫不經心，雨聲都似靜了靜，兩個漢子也看得呆了呆。

一呆間，暮青忽然手腕一抖！原本要收起的傘刷地震開，傘上雨珠潑喇喇潑向兩人！

兩人一驚，下意識抬起胳膊便擋。正是這一會兒的工夫，暮青袖口一垂，指間寒光勝雪，急射如電！

官道上一聲慘叫，細雨裡湮開血花，先前出言輕薄暮青的漢子踉蹌後退，面色發白，目光一滯，直挺挺地倒在了地上。地上的泥水、雨水混在一起濺上旁邊少年的身，他低頭一瞧，只見同伴胸前插著一把刀。

那刀式樣很古怪，細長柄，且比一般匕首的刀柄要薄得多，刀刃扎在他那兄弟胸前，觸目殷紅。

「大哥！」少年驚怒交加，不敢相信暮青竟身懷武藝。

暮青在古水縣頗有名氣，她那陰司判官的名號和讓死人開口的神奇手法不知被編成了多少話本子，茶樓酒肆裡時常聽得著。可從來沒聽說過她身懷武藝，她雖是古水縣衙裡的女仵作，卻不領朝廷俸祿，她爹暮懷山身在賤籍，俸祿微薄，年俸不過四兩銀，父女倆的日子與普通百姓家差不許多，哪裡有錢請武師？

因為這，他大哥才只找了他來幹這樁買賣，原是打著人少好分銀子的主意，哪想到會一照面就吃了虧？

「妳殺了我大哥！」少年抬眼，面色猙獰。

「他沒死，休克而已。你現在帶他去救治還來得及，再磨蹭下去，閻王爺不想收他都不成了。」暮青冷哼。她兩輩子只剖過死人，從未傷過活人，今日出手迫不得已。她並非高手，只是學過格鬥。

教她格鬥的是她前世的好友顧霓裳，當年，她剛從國外學成歸來，就職於國家保衛系統，擔任專職法醫。顧霓裳是國家保衛系統的頭號特工，兩人住在一間宿舍裡，成了莫逆之交。

幹她們法醫這一行的，時有遇險之事，顧霓裳便將她一身用於刺殺的精悍格鬥術傾囊相授。她學格鬥時早已過了習武的最佳年齡，本不會有大成，她的目的也僅是防身。

只是，世間任何事都抵不過十年磨一劍。

她在大興十六年，三歲起便開始練習這一套格鬥技法，十幾年的磨練，如今這一套飽含了現代軍隊刺殺精髓的格鬥術在她手中，真正成了能一招制敵的殺招！因為，沒有人比她更精通解剖學，沒有人比她更清楚人的要害在哪裡。

方才，她擊中的是那人的鷹窗穴，第三肋玉堂穴旁開四寸，以解剖學來說，那地方布有胸前神經分支、胸外側動靜脈，傷之，則衝擊肋間神經和胸前神經，震動心臟，導致供血停止，休克。

休克啥意思，少年不懂，人沒死這句他卻懂了。他看一眼躺在官道泥濘雨水裡的兄弟，見他怎麼看都像是被一刀斃命般，不由懷疑暮青此言虛實。她那把古怪的刀子已經擲出去了，如今手中沒了兵刃，自然希望能將他騙走好脫身。

「以為小爺會這麼容易放妳走？也不打聽打聽小爺是幹啥的！敢殺我大哥，今日小爺就宰了妳，替我大哥報仇！」少年喝道。

暮青冷嘲一哼，「好一個大哥！明明能救他，卻要嚷著替他報仇。殺了我，既能領銀子，又少了個分贓的人，你倒是不笨。」

「妳！」少年臉上憋紅，惱羞成怒，粗拳帶著潑風，呼嘯衝向暮青。

兩人之間只有三步之遙，少年鐵臂一送，拳風已到暮青面門！幾乎同一時間，暮青目光一寒，身形暴退，手中竹傘帶著風向前一送！

嗤！

青竹傘面頓時被粗拳開了個窟窿，連帶傘骨一起暴折，少年反手一扯，扯住一截傘骨猛地一擲！那折斷的傘骨斷口利箭一般，嗖地刺向暮青咽喉！

傘後，少女目光銳利，鋒芒乍露，身子如豹驟然一縮，蹲身間袖下素手一翻，指間再現雪色寒光，抬手精準刺向對方外膝眼下三寸！

足三里！腓腸外側皮神經、脛前動脈分布，傷之，下肢麻木不靈！

少年膝外刺開血花，腿一屈，撲通一聲單膝跪地！抬頭間，少女自傘後縱出，手中寒光再閃！

刺！

肩井！肩部最高處，腋神經、橈神經、頸橫動靜脈分布，傷之，半身麻木！

少年左肩一歪，原本想站起的身軀頃刻砸進了泥水裡。煙雨朦朧的天幕裡有白電閃過，他覷了覷眼，再睜眼時，身上已多了一個人，脖間多了一把刀。

「你也不打聽打聽我是幹什麼的。」暮青原話奉還，手中解剖刀一橫，在少年眼前逼了逼，「我的刀，不知剖過多少死人，剛死的，爛透的，化骨的。上頭可染著屍毒……」

屍毒？少年的臉霎時青了。

只見得少女眉目清淡，風起，青葉掠過眉梢，襯得眸光刀鋒般寒氣逼人，

「誰想買我的命？說出來，換你一條命。」

大興百姓重陰司之事，那少年盯著逼近眼前的刀，想著這刀剖過死人，頓覺心裡竄起涼氣兒，他可不想中屍毒慢慢腐爛而死。

命要緊還是雇主給的一百兩銀子要緊，永遠不會是一道困難的選擇題。

「算妳狠！妳得罪的是沈府！」少年牙一咬，心一橫，心想這樁買賣不走運，虧了！

暮青靜默，目露輕嘲。

沈府……

這沈府有些來頭，乃盛京安平侯的近支。十八年前朝中生變，老安平侯的嫡次子遭貶斥，拖家帶口來了古水縣。沒幾年，這位曾榮寵一身的貴公子便鬱鬱而終，他那嫡妻沒熬過多少日子便也撒手去了，留下個年幼的嫡女和一屋子的側室侍妾、庶子庶女。

那嫡女閨名沈問玉，自幼體弱，是個扶不起的藥罐子，卻在三個月前接手了沈府的內外大權。原先主理中饋的側室劉氏莫名上吊身亡，她那主理府中外事的兒子聽聞母親亡故，急趕回來奔喪的途中路遇水匪，一船的人全都沉了曲水河，連具屍身都沒撈著。

三個月前，劉氏的屍身便是暮青驗看的。

劉氏死前穿戴齊整，屋內踢倒的圓凳位置、高度，繩結與頸部勒痕的吻合度，都證明她確實是自縊身亡的。只有一點，她的雙膝上有兩塊瘀青，瘀青周圍紅腫，明顯是死前不久留下的。

沈府以服侍主子不周為由，劉氏自縊當晚便將她屋裡的丫鬟、婆子統統杖殺，知道她膝上的傷是如何來的人，一個未留。

殺人滅口，當真是雷霆手段！

可惜暮青身為仵作，她想要知道真相，從來用不著通過活人的嘴。

她看過劉氏膝蓋上的瘀青，一眼就斷定那不是摔傷。

那兩團瘀青，皮下出血程度、紅腫程度完全一致，連面積和形狀都一樣！這說明劉氏雙腿的受傷程度相同，而摔傷不可能出現這種傷情。

受走路習慣、速度快慢和當時的環境等因素影響，人摔倒時很少會雙腿受傷程度相同，除非兩條腿同一時間磕在地上。但這種情況極少發生，但凡摔倒，兩條腿落地大多存在時間差，也就是說，總會有一條腿先著地，另一條後著地。而先磕著的那條腿必定傷得重，另一條腿要麼傷不著，要麼傷得相對輕些，這便不可能出現相同程度的傷。且摔傷大多會伴有胳膊和掌心的擦撞傷。劉氏的胳膊和掌心完好無損，她的傷，暮青只推斷出一種可能，那便是跪！

只有下跪這個動作，才能造成劉氏雙膝受傷程度一致。且根據瘀青的紅腫程度，她跪下的力度定然不輕，或者時間不短。

即是說，她死前給人跪過。

可劉氏母子掌沈府內外大權多年，府中有什麼人能逼迫她跪，又有什麼事值得她輕生？

只有一個可能，她是被人拿了什麼要命的把柄，逼死的！

至於逼死她的人是誰，顯而易見。

但古水知縣沒有再深查下去。

沈府雖遭貶斥，卻也是安平侯嫡支，府中嫡女逼死庶母的事傳揚出去，於侯府名聲有損。且劉氏之子的死太過湊巧，事情恐有內情。知縣怕查下去扯出驚天醜案來，惹上侯府不快，連累他的仕途，便命暮青改寫屍單，不提劉氏膝上傷情，只說自縊之事。

暮青知道世間公理並非事事都能得到彰顯，她前世那個社會尚且不能做到如此，何況皇權至上的封建王朝？但改寫屍單，有違她的職業道德，與她當年成為法醫的初衷相違，因此她堅持將填寫了實情的屍單呈交了衙門。

沈府之事因此在城中傳得沸沸揚揚，百姓們議論紛紛，沈問玉的閨譽受了不少影響，自此與暮青結了怨。

案子了結那日也是雨天，縣衙外的石階水洗過般泛著青色，沈府一頂轎子抬到縣衙門口，轎上下來的少女香衫素羅，白紗拂面，瞧不見容貌，卻只一襲弱不禁風的背影，便如見江南一岸春色，婉約婀娜，似水婆娑。

沈問玉三聲擊鼓，進得公堂，狀告曲水河匪殺人越貨，害她庶兄，致使庶母聞子喪訊傷心自縊。

明明是劉氏自縊在先，其子遇害在後，這一番顛倒黑白的說辭直叫人齒冷！知縣因不敢得罪沈府，竟遂了沈問玉的說辭，當堂將案子接了，當真命了衙門的人出城剿匪。

百姓不知真相，皆道冤枉了沈問玉。後又聽聞她要以嫡女之身為庶母守孝三年，便讚她孝義感天，乃天下女子典範。

暮青冷笑，這位沈府的嫡小姐年紀不過十七，倒是演得一手好戲！這一齣一箭三雕，既圓了劉氏的死因，全了自己的名聲，又將那幫水匪賣給了衙門。她那庶兄的死若真有內情，水匪被衙門清剿了，也就死無對證了。

過河拆橋，借刀殺人，心機夠深夠狠。

可惜藏得深的不只她一人，暮青身懷武藝一事除了她爹，無人知曉。甚至連她爹都以為她在院中掛只沙袋紮個木人，練得不過是花架子。為此事，爹還自責過，若非家中清貧，無錢為女兒請武師，又何須她為了自保，自己去摸索武藝？

無人知道，她這套格鬥術是現代軍隊刺殺制敵的精髓。

沈問玉以為找兩個人就能要她的命，實是她的失算！

暮青眸中浸著的寒意瞧得那少年心頭一陣兒發涼。

「喂，妳想知道的已經知道了，解藥呢？」

「解藥？」暮青眸中寒意未散，思緒卻被拉了回來。

「屍毒的解藥！小爺告訴妳雇主是誰，妳放小爺一條活路，這可是妳說的！妳、妳不會想反悔吧？」

「屍毒？」暮青挑眉，彷彿聽不懂。

少年愣住，好半天才回過神來，忽然瞪圓了眼，血氣直往頭頂上湧，「他娘的！妳騙小爺？刀上沒毒？」

「我從不騙人，奈何有人傻。」暮青慢悠悠晃了晃手中的刀，神色淡漠，「我只說我的刀剖過死人，染著屍毒，可沒說是手上這把。」

「妳！」

「你打壞了我的傘。」少年一愣，剛才被氣得喉口發甜，很有衝動想要罵娘，結果衝口而出的糙話被暮青冷不防的話哽在喉口，一時有些跟不上她的思維。

所以？

「我的傘月前在老藺齋新買的，二錢三分銀子，只用了兩回。」

「我不占你便宜，去了折舊，你賠二錢。」

啥？

還沒反應過來，暮青已伸手探入他衣襟裡，在他胸前探出一只荷包來。荷包裡有五十兩的整銀和一些散碎銀兩，她看也未看那五十兩的銀錠子，只在散碎銀兩裡揀出塊小的來收了，看那分量，正差不多二錢銀子。

爹年俸四兩，二錢銀子對家中來說是不小的開支。她對錢財從沒有過多的欲念，吃飽穿暖，夠用便可，清貧也無妨。

但她看重爹的血汗錢。江南多雨，傘是日常家用品，尋常一把油傘不過二、三十文錢，爹月前卻從城中老藺齋買了這把傘回來，說過些日子是她生辰，傘上青竹她定喜歡。

今日這兩人劫路，打壞了她的傘，自是要賠的。傘她用過了，也不占他們便宜，折個舊，該多少便是多少。至於那荷包裡的五十兩訂金，足夠這兩人瞧郎中治傷了。

少年眼睜睜看著暮青將那二錢銀子揣進懷裡，眼瞪得銅鈴大。

這他娘的誰劫誰？

心中大罵，他卻忽然想起出手之前，暮青曾問過的話。

訂金，收了嗎？

嗯，那就好。

她、她問訂金，是為了確定他身上有沒有銀兩賠她的傘錢？

可那時候，她尚未出手，手中的傘也未被他打爛，那時就問這話，豈非說明她那時便知傘會壞？

她怎麼知道的？有先知不成！

少年盯住暮青，只覺看不透她。原以為這樁買賣極容易做，哪知這少女處處透著古怪，身手怪，兵刃怪，連性情也怪。就拿方才拿他銀子的事來說，若說她愛財，他身上五十多兩現銀，她竟只拿二錢，其餘的連一眼都未多瞧。若說她不愛財，區區一把傘，竟還要他賠！

正因看不透她，他不知她是否會真的放他一條生路。她若反悔，他也只能等著被宰。身體麻木不靈，傷口卻疼痛入骨，躺在冰冷的泥水裡，這一番折騰已讓他覺得氣力將盡，眼前一波一波地泛著黑，眼看著便要暈過去。

臉旁忽然貼來一把刀，冰涼。

少女的聲音自頭頂傳來：「先別暈，有件事，要你辨。」

少年睜開眼，驚懼地瞄向臉旁，眼前還有些泛黑，耳旁卻傳來嗤啦一聲！

胸口一涼，雨點打落下來，細密如針，扎得他激靈一醒——這回是真醒了。

他低頭，看看自己的胸口，那裡衣衫大敞，正露著胸膛。

他抬頭，看看暮青的手，她手中正挑著一方素布，那塊布看著太眼熟，正是他穿在身上的中衣。

就在剛才，她撕了他的衣衫。

眼漸瞪漸圓，臉愈憋愈紅，少年扭曲著一張臉——這、這他娘的……是要劫色？

劫色這事於他來說太熟悉，這些年沒少幹，只是今兒這角色是不是有些對調？他直愣愣盯著暮青，細雨瀟瀟，溼了少女額髮，清眸雨水洗過般映住他那一張粗臉——莫非這姑娘口味重？

再看少女那挑著他衣裳碎布的指尖兒，玉般透著微粉，那半騎住他的身子，綠水天青裡一道秀景。

少年咕咚一聲嚥下口水，腹下濁氣漸生。

若今日真被劫了色，他也是樂意的……

「借你手指一用。」遐想才生出來，便忽聞暮青道。

少年一愣，尚未來得及回神，便見暮青指間刀光一抹，抹開雨幕霧色，帶出一溜兒血線，落進地上泥水裡，漫開血色腥氣。

「噭！」少年一聲慘叫，驚起道旁林子裡飛鳥三兩隻。

「叫什麼？又沒切了你的手指。」暮青皺眉。

慘叫止住，少年這才低頭去瞧自己的手。他半身都麻了，痛覺並不靈敏，剛才乍一聽暮青那話，再瞧見她刀上帶起的血，他還以為自己的手被切了下來，如今一瞧，手指還好好地長在手上，只是指腹被劃開一道不淺的口子，血正往外湧。

只見暮青將那塊從他衣衫上撕下來的素布往他胸膛上一鋪，蘸著他的血便開始書寫。片刻工夫，一幅血書寫罷，她將書信疊了幾下，重新塞回他衣衫裡，「我可以饒過你，前提是你替我辦件事，把這封信帶回去給你們舵主。」

少年的臉憋成豬肝色，一張臉又開始扭曲。什麼劫色，什麼口味重，全是他想岔了！她只是想寫書信，奈何沒帶紙墨，便撕了他的衣裳，劃了他的手指，以代紙墨而已。

幾輩子沒有過的羞憤之情湧上心頭，卻沒時間多體會，待將暮青的話回過味來，他不由瞪圓了眼。

舵、舵主？她怎知他是水匪？

陸面上有山匪馬幫，河面上有水匪舵幫，自古兩條道上的人就將地盤分了水陸，誰也不能越界撈買賣。他和他那兄弟今日在官道上劫人，就是打著事後將此事推給山匪的主意，雖然這不合道上的規矩，但只要不被人知道是他們幹的，誰又能把他們怎麼著？

他自認為沒露馬腳，怎麼會被人看穿的？

彷彿能看透他在想什麼，暮青一翻他的掌心，哼道：「你的手，虎口和掌心有細線勒出的傷痕和老繭，雖不如你大哥的深，但也是常年撒網留下的。你定不是水上打漁的百姓，此處官道離古水縣只有二十里，山匪、水匪和官府的勢力錯綜複雜，尋常百姓哪敢在此處犯事？倒是水匪裡有專司下網沉人的，黑話叫撈頭兒。你和你那大哥，應是九曲幫的水匪。」

少年驚住，只張著嘴，忘了言語。

就憑他的手？那她又怎知他是九曲幫的？

「水匪在河面上以收過路費和打劫為生，遇上不捨財的主兒，或是舵幫之間黑吃黑，最常幹的便是將人綁去網裡沉河示眾。你年紀雖輕，手上勒出的傷痕卻頗深，老繭也頗厚，說明你常幹此事，所在的舵幫勢力定然不小。前些日子官府剿匪，曲水河上三大舵幫覆滅了倆，如今只剩下最大的九曲幫和一些零散小舵幫。你說，除了九曲幫，你還能是哪個舵幫的？」

正因看出此人是九曲幫的人，暮青才決定如此行事——她要送沈問玉一份大禮。

這位沈府的嫡小姐似乎很喜歡和水匪勾結行事，她那倒楣庶兄死得那麼湊巧，很有可能便是她與水匪之間的交易。可事後她又將水匪賣給官府，來了個過河拆橋殺人滅口，事情雖做得乾淨俐落不留後患，但同樣的伎倆可一不可二。如今沈問玉故技重施，又買通水匪想取她性命，若她將官府剿匪的內情告知九曲幫舵主，不知這位舵主會不會擔心被人過河拆橋，來個先下手為強？

身在大興十六年，與前世一樣從事驗屍取證工作，暮青體會最深的卻是人權的巨大落差。在這等級森嚴的封建王朝，人命生來便分了輕重貴賤，天理公義任權貴玩弄。劉氏一案，她驗屍不過是盡自己職責，竟因此遭人記恨，雇凶買命。

此事她不會天真地以為告到縣衙，一心攀附侯府的知縣會給她一個公道。她也不會認為此事忍氣吞聲便能了結，沈問玉若想放過她，便不會雇凶買她性命。她逃過這一劫，定有下一劫！

既如此，不如自救。

暮青眸光清寒，少年瞧著，卻滿眼驚懼。僅憑他的手，她竟能將他的身分斷定至此？

心頭湧起前所未有的寒意，六月的天，他竟覺得渾身發涼。她讓他給舵主送信，根本就是要他的命。

他這樁買賣是越界撈活兒，本就瞞著幫裡，若替暮青送信，豈非要被舵主知道？按幫規，他和他大哥可是要被沉河的！

可若不答應暮青，他這條命現在就得交代在此。唯有先應了她，待她放了他，這信自然任他處置。

少年心裡盤算著，一抬眼，卻對上一雙清寒的眸。

暮青手一伸，再次探入他懷中，這次拿出一張身分文牒來。

「你的身分文牒我且收下，若是這封信沒替我轉交給你們舵主，三日後，你的身分文牒便會出現在縣衙公堂之上。近來剿匪，你該知道官府的告示——匪者，親眷連坐，杖二十，徒百里。不想連累一家老小，讓你辦的事便不可馬虎。」

噗！

一口血噴出來，少年兩眼發黑。

他今兒是倒了哪輩子的楣，遇上這麼個祖宗！

拿他當桌，拿他的衣裳當布，拿他的血當墨，最後拿他當送信跑腿的還堵了他的退路……她還真是懂得把人用得徹底！

今兒這買賣不是虧了，而是根本就不該接！原先接這樁買賣時他還在想，暮青怎得罪了沈府的小姐？如今看來，誰得罪誰還未可知。

暮青將那張身分文牒收起，站起身來，垂眸瞧一眼少年幾欲暈厥的模樣，淡淡道：「現在，你可以暈了。醒來之後，記得辦事。」

言罷，她腳尖一抬，那人便一滾，滾入了道旁的林子。

看也未看林子一眼，她只轉身，往古水縣的方向走去。

林子裡那兩人回去也死不了。這段時日官府剿匪，匪幫正需要人，那舵主只要不傻，便會留著兩人的命去與官府拚殺。這兩人日後若被官府所擒，那也是罪有應得。

雨漸歇，晨霧漸薄，官道兩岸景致漸明。少女遠去，唯留一把青竹傘散在泥水裡，寂靜裡，淡淡血氣。

風拂過，煙雨洗了江天，隱見水闊雲低處，一艘玉樓畫舫。

松閣墨欄，小梁紅窗，隱約見窗後一截天青衣角，聽一人低笑，「過路而已，倒是瞧了一齣好戲。」

江南畫舫，素講意境。玉樓明窗，小葉薰香，窗旁開一枝天女木蘭。

這時節，木蘭正當花期，天女名貴，尋常難見。男子閒倚窗旁，青衣玉帶，雪佩金冠，一張玉面俊秀的臉本有幾分書生氣，卻生生讓那雙丹鳳眼飛出幾分魅惑來。

「今日才知我孤陋寡聞了，江湖上何時有這等功夫？」男子轉頭，望向對面笑道。

對面，華簾半掩，玉爐焚香，隱見一張梨雲榻。

嫋嫋香絲遮了榻上人，獨見一幅華袖垂落。那袖古錦織就，繡染雲圖，瀉落榻前，便瀉了一地錦繡山河。

舫內爐香閒繞，男子懶臥榻間，背襯明窗，不見容顏。只見窗外江霧遮了遠山，那一袖風華，便覆了江山萬里波瀾壯闊。

袖中男子手腕清奇，執一本泛黃古卷，目光落在其中，待翻過眼前這頁，才不疾不徐開了口。那聲音，令人想起冬日雪落風靜後，灑進庭前窗臺的暖陽，懶極：「哦？我也是今日才知，這些年你武藝沒長進，連江湖消息也不靈通了。」

青衣男子一嗆，他一身輕功敢稱江湖之最，奈何因早年際遇，武藝平平。這事被貶損了多年，他也習慣了。

知道在這人面前向來討不了好處，他也懶得鬥嘴皮子功夫，廣袖一拂，身後明窗吱呀一聲敞開，人已化一道青影越江面而去。

半盞茶的工夫，人回船上來，細長的眸中含了驚豔神采。

「你可知那姑娘是何人？」

船上只聞細細翻書聲，榻上人目光落於古卷，瞧得仔細。

「古水縣有位女仵作，聽聞有陰司判官之能，今日叫咱們遇上了！」青衣男子鳳目飛揚，讚嘆：「若非親眼所見，難以想像世間竟有此等女子，留在古水縣倒是屈才了！你如今正當用人之時，此等能人，倒是可收到身邊來。」

他方才進了林子，已向那兩個倒楣的水匪逼問出了事情原委。

那兩個水匪沒有多高的眼力，他在船上卻看得清楚——那姑娘見人攔路，看似無視那兩人，繼續行她的路，卻正停在那兩人三步外。

那三步之遙正在她手中青竹傘的出手範圍內，所以她知道傘會壞，才會問出那句訂金的話。

但那句話並非只為了讓人賠她的傘，最緊要的是引開了兩個水匪的注意力，為她出手贏得了先機。

她的身手江湖上雖未見過，看起來也不似有內力之人，但招式刁鑽狠辣，他看過那兩人的傷，刀刀正中要害，毫無拖泥帶水！

冷靜，果敢，心思縝密！

世間竟有這等女子！

青衣男子面含讚嘆，舫內卻依舊只聞翻書聲。

江風攜了細雨打落窗臺，榻前香絲飄搖，氤氳忽散，這才見了榻上人。

那人背襯一天江水，紫玉銀冠，玉帶楚腰，懶臥榻間，便似臥盡了江山秀色，秋月春風。那容顏，半張紫玉鎏金面具遮了，風華不見，卻見脣早春櫻色，輕輕噙起一笑，便化了霧色江天，點了水墨山巒。

男子融在榻裡，目光落在書中，襯得眉宇矜貴懶散。半晌，才聽他慢悠悠問：「那兩人，死了？」

聽出他指的是那兩個水匪，青衣男子眸中流露出戲謔。

這人，方才與他一同瞧了齣官道上的好戲，心中分明也是在意的，卻偏要做出一副不甚在意的姿態，可還不是忍不住問了？

「沒有。她留了其中一人的命替她辦事。我看了她寫給九曲幫舵主的書信，沈家那位嫡小姐這回要吃點教訓了。」說到此處，青衣男子面露譏嘲：「這位沈小姐的心機手段頗得她爹的遺風，三個月前那齣為她贏了個好名聲，總算引起了安平侯府的注意。侯府的老封君前些日子請了牌子進宮求見太皇太后，說沈二這一支在江南小縣多年，人早沒了，留下個嫡女自幼身子難養，想請太皇太后恩准沈問玉回盛京休養。哼！休養是假，又想嫁女聯姻是真！元家把持朝政，太皇太后風光無匹，安平侯府閒散了多年，早就耗光了當年風骨，這些年四處嫁女聯姻，謀求起復，只是不知這次的算盤能不能如願。要知道，當年安平侯府和元家勢同水火，太皇太后可是個記仇的。」

「她會准的。」榻上男子漫不經心開口，聲音裡卻透著冷意：「赦准罪臣之女回京養病，如此心懷仁慈鳳恩浩蕩之事，她為何不做？她的名聲愈好，元家將來登高的路才愈順。至於安平侯府，這些年看在她眼皮子底下，即便四處聯姻，何曾得過實利？」

「可她若恩准，盛京的風向便會變了。保不準有人會猜測她不再記恨安平侯府，說不定還真能讓侯府成一門好親。如今的安平侯府已不可靠，幫你的人，早就又少了一個。」

「多一個不多，少一個不少。懸崖行走，從來容不得太多人。」男子慢悠悠翻了頁書，便似對這話題失了興致，冷不防地換了剛才的問題，出聲問：「另一人呢？」

青衣男子一愣，明白過來他是問另一個水匪死了沒，這才道：「沒死。我看過了，一刀制敵！入刀卻只有半寸，她手下留了情。」

船上氣氛靜了靜，好一會兒，榻上男子才將書放了，眉宇間漸帶起抹倦色，似已意興闌珊，「心軟之人，難成大器。」

青衣男子聳肩，並不意外他會沒了興致。正如他所言，他們所行之事如同懸崖行走，容不得太多人，尤其是心軟之人。

終究，他只是對那一眼驚豔了的少女頗感興趣，隨口一說罷了。

江風猛地灌進窗來，江南水氣淡了小葉薰香，青衣男子轉頭望向江面，覷了覷眼。

起風了……

「傍晚之前，回汴河城。」

榻上人聲音傳來，青衣男子望去時，他已懶懶翻了身，江風拂來，一室蘭香。

暮青回到古水縣時，已近晌午。

暮家在城北，一間獨院，甚是清貧。大興百姓重陰司之事，暮家父女整日看驗屍骨，街坊鄰里怕陰氣重，這些年都陸續搬走了。左右無鄰，暮家父女倒樂得清淨。

早晨去了趟趙家村，回來之後暮青本該將命案之事回稟知縣，她卻沒有往縣衙去，而是直接回了家中。

進屋，關門，暮青從衣櫃中翻出件男裝換上。

以她下刀的力度，再有半個時辰那兩個水匪就會醒，最遲午後，那兩人沒有去沈府領剩下的雇金，沈問玉就能猜到事情沒辦成。最快今晚，九曲幫就會有所行動。

沈府一旦出事，古水知縣定會拿她問罪，以給侯府一個交代。

此地，不宜久留。

去處她已想好了。

汴河城！

暮青的爹暮懷山如今就在汴河城。

這些年，暮家父女在江南一帶頗有名氣，暮懷山經常被周圍州縣請去驗屍。前段日子，汴河城發了一樁大案，暮懷山連夜奉了刺史府的公文走了，至今已有半個多月。

離開古水縣，暮青自然要先去尋爹，只是她要先弄到前往汴河城的路引。

所謂路引，即離鄉證明，是由官府頒發的類似通行證的公文。大興戶籍制度頗為嚴厲，百姓是不能隨意離開戶籍地的。凡出行，需兩樣東西在身，身分文牒和路引。若無路引上路，莫說進不了城，還會被官府逮住，以流民罪論處。

在古代，成為流民是觸犯國法的重罪。即便因天災人禍，百姓不得不舉家遷徙以求生存，在統治者眼中，仍是觸犯國法的。一旦被以流民罪逮捕，輕則官賣為奴，重則押往邊疆，充作苦力。

衙門平日裡在城門旁設了小衙，專門辦理路引。暮青卻不能就這麼前往，衙門裡的人和城門的守軍都識得她，裡面有人與沈府走得近，若被人知道她要去汴河城，報了沈府，她恐怕沒那麼容易離開。她知道沈問玉太多事，如今又加了條雇凶殺人，沈問玉若得知她沒死，豈會輕易放她離開？

暮青想要弄到路引順利離開，只有喬裝改扮。

她穿好男裝便出了閨房，往灶房走去。暮家只三間房，主屋是爹爹所居，西屋是她的閨房，東屋是書房。書房旁隔出間灶房來，平日裡燒火做飯都在那裡。

暮青進了灶房，抓了把乾草燒上，見煙起了便從旁邊取來把扇子，朝著自己猛扇了一陣兒，張嘴狠狠吸了幾口。濃煙入喉，她頓時被嗆得咳了幾聲，原本清亮的嗓音便被薰啞了幾分。

在乾草上加了把柴禾，暮青取來個藥罐燒上水，又轉身去了東屋。從書房一角取了把梔子回來，拿冷水泡了，待藥罐裡的水燒開，將泡好的梔子放進去煮出一碗黃水來，端著水回了自己閨房。

鏡子裡，少女清絕的臉上已被薰了些草灰，她蘸著那碗黃水將草灰揉開染在臉上，片刻後，膚色已現暗沉蠟黃。

轉身抄來把剪刀，刀花俐落閃過，一撮髮絲已落在桌上。暮青將髮絲細細剪成長短不一，將蛋清拿來屋中，對著鏡子仔細提拉了眼角，又將方才剪下的髮絲沾著蛋液一根一根地貼入眉毛中。半刻鐘的工夫，一雙眉已見粗濃。

待易容完畢，將髮束了，鏡中已出現一個粗眉細眼、臉色蠟黃的少年。

少年收拾行囊出了門，直奔城門。

晌午時分，細雨已歇。炊煙渺渺，緩緩遮了半幅如畫小城。

城門旁一間小衙，門前一張桌子一把椅子，椅子裡的公差正打著盹兒，忽聽一人道：「官、官爺……」

六月江南，正是多雨時節，一天裡見著日頭的時辰不多，好不容易趁晌午人少，晒著日頭睡會兒覺，竟被不長眼的擾了。那公差抬起頭來，著實有些惱，「幹什麼的！」

「辦、辦路引的。」少年聲音有些啞，笑容含怯。

廢話！來這間小衙的，哪個不是來辦路引的！

那公差罵了一聲，擰起眉來，提了嗓音：「問你小子辦去哪裡的路引！」

少年有些憨傻，聽聞這話才反應過來，「哦，汴、汴河城。」

「去汴河城做什麼？」

「家裡親戚在城中碼頭做工，給謀了個差事……」

公差聞言，上下打量了眼少年，見他身形單薄，便問：「就這小身板，還去碼頭上做力氣活計？」

少年聞言只管笑，卻不知答話，頗像沒見過世面的土包子，憨傻帶怯。

那公差頓時臉色又黑了些，心中大罵這小子不上道兒！他在這間小衙為縣屬百姓辦理路引，這差事是個肥差，只要多盤問幾句，機靈的就知道孝敬點兒銀錢好辦事，但每日過往的人多了，總能遇上不上道兒的，或是家中窮得叮噹響，實在拿不出錢來的。

這少年一身粗布衣衫，洗得都發了白，臉色也暗沉蠟黃，家境確實像一個銅板兒都恨不得掰開兩半使的。

公差暗道一聲晦氣，今兒真不走運，好不容易睡個午覺，還遇上了個窮小子。

「身分文牒呢？」

「在這兒。」少年忙從懷裡掏出張身分文牒來，遞來前還用袖子擦了擦。

這言行，這穿戴，這相貌，確實像是窮苦人家出來的。雖沒油水可撈，但身分瞧著也沒什麼可疑。

公差接過身分文牒，目光往上一落，嘴角忽然抽了抽。

暮青怯笑，垂著的眸底隱含慧光。她從小在古水縣長大，對衙門的人瞭若指掌。小衙裡辦理路引的差事雖是肥差，卻不是人人都能勝任的，需得心思縝密眼力毒辣，否則放了官府緝拿的要犯或是奸細出城，一旦追究起來，輕則打板子重則掉腦袋。因此，辦理路引的這些公差，看著貪財，實則精明。她一身窮苦人家打扮，若八面玲瓏地拿出銀錢來孝敬，以求快速出城，反而會引起懷疑。不如裝呆賣傻，既能省點銀子，又能安全過關，頂多受點閒氣罷了。

只是，這人看見身分文牒的表情，似有些耐人尋味……

這身分文牒不是暮青的，是那水匪的。她威脅人說不將信送到便身分文牒送交衙門公堂，實是唬他的。那水匪有罪，他的親屬家眷卻是無辜。她要這張身分文牒只為有個假身分，好助她順利拿到去汴河城的路引。

身分文牒上只有出生年分、戶籍所在地和姓名，並看不出持有者身分。即便是水匪的身分文牒，這公差也不該看得出來，那他的表情是何意味？

暮青心裡思忖，還沒推想出個究竟來，身後忽有腳步聲傳來。

一名衙役帶著七、八個小廝快步行來，暮青看到那衙役，心中一寒！

她早料到沈問玉猜到事情沒成，會來城門防她出城，可沒想到縣衙的衙役會一同跟來。莫非，沈問玉買凶殺她的事，古水知縣是知情的？

這知縣為攀附安平侯府，竟不念往日她盡心盡職，枉顧她性命？

她面上露出怯意，畏縮著往後退了退。

那衙役見她往後退，眼神刀子般在她身上刮了刮，隨即轉開。百姓見著官差向來是這怯生生的模樣，他瞧慣了，也瞧膩了，這才問那公差道：「瞧見暮青了沒？」

「暮姑娘？」那公差一愣，往城中一指，「半個時辰前剛進城，怎麼？」

衙役沒答他，只回頭看向沈府小廝。

幾個小廝面色凝重，低聲道：「進城了？暮家的院門鎖著，沒人。」

「是不是去義莊了？」

「不應該吧？聽聞今早趙家村有個婆娘吊死了，特意差人來請暮青，她從趙家村回來，應該去縣衙回稟一聲才是。縣衙和暮家都沒人，莫非……」

「她可有再出城？」衙役回身又問。

「沒見著又出城去，這是？」

這來勢洶洶的尋暮青，莫非沈府又死人了？

那衙役不答，只臉色不太好看，回身吩咐道：「兩個人留在這兒守著！再派兩個人去義莊瞧瞧，其餘人跟我在城中分頭找找！」

幾個小廝點頭應是，果真留了兩個人在城門處守著，其餘人轉身便匆匆離去了。

一群人來得快去得也快，瞧得那公差丈二和尚摸不著頭腦，見有兩人留了下來，他便湊過去想打聽打聽。

一轉身，見那來辨路引的少年還立在原地，公差便白了他一眼，他心思被別的事吸引了去，便沒了再盤問刁難這少年的興致。公章一蓋，前往汴河城的路引和那張身分文牒便都丟給了他。

少年接到手中，面露喜色，不住道謝：「謝官爺！謝官爺！」

「滾滾滾！」那公差煩躁地擺手，再懶得瞧他一眼。

少年將路引寶貝似的收夾在身分文牒裡，這才背著行囊出了城門。

晌午陽光暖融，灑在江南小城長滿青苔的城牆上，照見那離城遠去的少年脊背漸漸挺直，風中獨自清卓，挺韌如竹。

直到背後的城牆再瞧不見，官道兩旁漸現江河密林兩岸風光，少年才將懷中的身分文牒拿了出來。

目光一落，腳下忽然一個踉蹌！

暮青素來冷靜，竟也難得在打開身分文牒的一瞬黑了臉。

這名字……

周！二！蛋！

第二章

汴河尋父

大興發源於汴河流域，一條壯闊蜿蜒的汴江將八萬里江山巍巍山河分作南北兩岸。汴州乃大興江南門戶，首邑汴河城坐落於汴江與南北運河交界處，乃大興漕運、鹽運中心，素有雄富冠天下之稱。

傍晚，日落山關，城門將閉，城外依舊有不少排隊等著進城的百姓。一名其貌不揚的少年從簡陋的馬車上下來，加入了進城的隊伍。

城門旁，一張榜文貼在城牆上，一群青壯年聚在榜文下，指指點點。少年從隊伍裡抬頭遠望，瞧不見榜文上寫著什麼，人群的議論聲卻入了耳。

「以往朝廷徵兵，多在北方，怎麼這回急令江南徵兵了？」

「許是北方連年徵兵，多有民怨。江南無戰事，水軍又不擅馬戰，只得徵新兵發往西北。」

「唉！又是戰事……年初漠北胡虜犯我西北邊關，元大將軍率西北狼軍戍守山河，如今已有數萬將士血染沙場！國難當頭，朝廷放榜徵兵，陛下卻在汴河大興龍舟，廣選男妃，行宮之中夜夜——」

「噓！快閉嘴！你不想活了？」

那人這才驚覺失言，慌忙掃一眼四周，見城門守軍正忙著查看入城百姓的路引和身分文牒，並沒有注意這邊，這才鬆了口氣，閉嘴不敢再言。

帝駕如今就在汴河城中，這對大興百姓來說並不是稀奇事兒。

大興國祚至今六百年，天下便是以汴州為根基打下的。高祖皇帝定都盛京後，敕命在汴河城興建行宮，其後歷代帝王都有來汴河行宮小住的慣例。只是當今聖上來得頻了些，住得久了些。

大興歷代帝王皆愛三月來行宮，煙花三月，江南春美，一可賞景，二可避盛京嚴寒。當今聖上卻偏愛六月，且帝駕在行宮一住便是半年，臘月才回盛京，年年如此。

江南六月暑熱，盛京臘月嚴寒，聽聞每年隨帝駕南下北上的宮人在路上因這酷暑嚴寒都要死上一批。

如此行徑頗有昏君之相，而事實也確實如此。

當今聖上乃先帝孫輩，帝位本輪不到他坐。

十八年前上元夜，朝中生變。

先帝駕崩於宮中，左相元家與屬國南圖聯手發動宮變，以三王、七王弒君之名斬兩人於宮宴，血洗宮城。

弒君之名真假不知，只知先帝原有九子，皇位之爭激烈，這夜宮變之後，死得只剩五王、六王。五王體弱，纏綿病榻，膝下只公主一人。六王庸懦，酒色成性，不堪為帝。元貴妃便將六王嫡子召至宮中，撫養於膝下，力保其登基為帝，便是如今的大興帝君，步惜歡。

步惜歡六歲登基，元家輔政，他卻自幼便顯出幾分荒誕不經的性情來，年紀愈長成，愈發放浪無道。

聽聞他十三歲便納宮妃，於後宮縱情聲色，僅一夏，八位宮妃死了五個；十五歲又好上男風，竟廣選天下俊美男子，充實汴河行宮；十七歲大興龍舟，從此年年載上千男妃遊汴江。江水壯闊，龍舟豪華，沿途絲竹不絕，過往州府接駕之耗，日費萬金。

民間早有童謠——「玉驄馬，九華車，誰憐兒郎顏如玉。龍舟興，翠華旌，江河一日十萬金。」說的便是帝王縱情奢靡，荒唐無道。

但民間還有童謠——「鐵馬嘶，銀槍舞，大漠橫戈震胡虜。轅門興，金甲蕩，十年戍邊英雄郎。」說的是西北軍主帥，元修。

元修乃當朝太皇太后母家元家嫡子，抱負卻不在朝堂。

他十五歲從軍，一騎孤馳，萬軍中取戎王首級，一戰震天下！十七歲率八千精騎奇襲勒丹牙帳，全殲勒丹三萬騎兵，殺勒丹突答王子；十八歲重整西北邊防，建立西北軍；二十歲任西北軍大將軍，練兵嚴苛，軍紀嚴明，深受西北百姓愛戴。

十年來，元修帥西北軍戍守西北，一日未曾歸京。

十年來，漠北高原五胡鐵騎，一日未曾叩開邊關大門。

西北邊關二十萬精軍號稱西北狼，乃大興邊關一道鐵防。三年前，戎人犯邊，西北軍十三戰十三捷，斬胡虜首級五萬，掛滿邊關城牆。大漠風沙烈，至今遮不盡當年城牆上的血。

這三年，邊關少有戰事，漠北頗為安分。卻不知為何，年初時候，原本相互之間並不和睦的戎人、狄人、烏那、勒丹、月氏五胡竟聯起手來，共發三十萬大軍突襲西北邊關，邊關戰事吃緊，朝廷急令徵兵。

如今，胡虜犯邊，西北將士正血染沙場，帝駕卻在行宮尋歡作樂，難怪民怨沸騰。

不過，再多的民怨到了這汴河城下也得閉嘴，把怨氣吞到肚子裡。

暮青對當今國事倒沒多少怨氣，她是一縷來自異世的魂，儘管在這封建王朝生活了十六年，她依舊對這時代沒什麼歸屬感。她落在賤籍，若非有一技之長，日子當真會連普通百姓也不如。統治階級離她很遙遠，這等天下傳聞，她連聽的興趣都不大。

國家事，天下事，自有上位者操心，輪不到她這等小民，她操心家事足矣。當年，城中沒有奶娘願意餵養她，若非爹不肯放棄她，她根本就沒有機會在這個時代長大成人。爹將她養育長大，她便用這一生，奉養他終老。

至於十八年前朝中發生了何事，娘的母家又是何身分，她沒興趣了解。

暮青抬眼望向城門，前方原本長長的隊伍只剩幾人，很快便輪到了她。她垂眸，再次換上那一副憨傻怯懦的神態，查看她路引和身分文牒的守軍看到她的名字時果然多瞧了兩眼，瞧她沒有異樣便放了她進城。

夕陽將落，餘暉染了江天，一線丹霞裡坐著巍峨大城。天未暗，城中已燈火點點，青石長街上開盡火樹銀花，若天河落了人間。夜未至，街上已聞樓船歌舫儂音婉柔，茶樓酒肆、賭坊鋪子喧囂已起，茶香酒香脂粉香漫了長街，過往男子廣袖如風，女子羅裙迤邐，漸鋪開一幅燦爛畫卷，六百年古城繁華。

暮青初到汴河城，卻沒有迷失方向，她在城門處站了片刻，將城中布局大致一瞧，便直奔城西。

城西鋪子林立，鐵匠鋪首飾鋪、綢緞莊錢莊等分了幾條街，這些街上人群熙攘熱鬧非凡，倒顯得最後頭一條街上有些冷清。暮青就往那條冷清的街上去，街口掛了幾盞白燈籠，燈籠底下照著的鋪面都是壽材鋪。暮青打那幾家壽材鋪前經過，步子不停，直奔街尾。

街尾，靠近城牆的地段，一座官衙大門緊閉，門前連盞燈籠都沒點，夜裡顯得陰氣森森，靠著遠處幾家壽材鋪的微弱光亮才瞧清門前匾額上的大字——義莊。

這義莊不是接濟窮人的莊子，而是專門停放死人用的。在義莊裡停屍的，大多是窮得無以入殮，抑或客死他鄉等著家人運回去安葬的。其中，官府要驗的屍身因嫌棄放在衙門會發臭，也會運往義莊，再讓仵作驗看。

說得直白點，義莊就是太平間。

爹大半個月前奉了刺史府的公文來汴河城驗屍，來義莊尋他準沒錯。

想著，暮青上前敲了敲門。

片刻，門開了，出來的是個駝背的瘦老頭兒，一副睡眼惺忪的模樣，看見暮青一臉詫異。

「老先生，我來尋人。請問古水縣仵作暮懷山暮老，可在莊內？」暮青知道這守門人為何詫異，壽材街上向來少有人來，沒有白事的人家連路過都嫌晦氣，義莊門口來的人就更少了。即便有人來也是白天，晚上除了仵作，很少有人敢來。

但她就是仵作，兩輩子的仵作，別人怕死屍，她卻見過各式各樣的，沒有怕的道理。

暮青易容未去，也不說破此事，只開門見山，直說來意。

那駝背老頭兒聞言，臉色卻忽然變了變，眼神在昏暗裡顯得晦暗難明，不待暮青細瞧，便點頭道：「原來是來找暮老的，進來吧，人就在莊子裡。」

說罷，轉身便進了莊子，暮青跟在老頭兒身後，見他駝著腰提著白燈籠，背影在黑暗裡生出幾分陰森死氣。

「是暮家人雇你來的吧？」老頭兒的聲音透過背影傳來，邊走邊道：「你小子是個膽兒大的，還從來沒有大晚上敢來義莊抬屍的。」

暮青一愣，少見地有點沒回過神來。

卻見那老頭兒繼續往前走，「怎麼就你一個人？暮家就沒多雇個人？我可告訴你，一個人可沒法抬屍，只能用背的。你得忍得住那股味兒。」

暮青已停住腳步。

「暮家何時雇的你，怎現在才來？這六月雨天兒，屍身腐得甚快，再晚來幾日，人就運出城埋去亂葬崗了，留在城裡怕惹瘟疫。」

老頭兒絮絮叨叨，人已上了臺階，手中提著的白燈籠往廳裡地上一照，「喏，人在那兒，瞧去吧。」

暮青立在院中，順著那微淺燈光瞧去，只見地上草席裡捲著個人，露出一雙腿，腳上穿著雙官靴。

那雙官靴黑緞白底，緞面上無繡紋，是無品級的衙役公差所穿的款式。

暮青記得那晚爹走得很急。

那日城外出了人命案子，他驗屍回來時天已黑了，衣衫還未換，家裡便來了刺史府的公差。來人奉著公文，催得很急，爹匆忙便跟著走了。走時穿著的那雙官靴鞋尖上染著黃泥。

此刻眼前，那草席下露出的一雙官靴鞋尖上的黃泥已浸入緞面，瞧著有些日子了。

暮青盯住那靴尖兒，忽覺不能動。

那駝背的瘦老頭兒站在臺階上，回身見少年立在院子裡，盯著地上的草席兩眼發直，便嗤笑一聲：「才誇你是個膽兒大的，走到這兒竟不敢動了。罷了，既然怕，這草席你也不必掀開看了，我去給你找根繩子，你背著走吧。」

「掀開。」少年忽然出了聲。

那老頭兒轉身要去拿繩子，忽聽少年出聲，有些沒反應過來，回身問：「小子說啥？」

少年卻沒有再說話，抬腳，走了過來。他身形單薄，那洗得發白的衣角在夜裡卻帶了風般的凌厲，踏出的步子磐石般重，卻一步未停。上了臺階，進得廳來，蹲身，抬手，草席在微薄的光線裡揚出一道弧，若長劍劃破長夜，割出一道鮮血淋漓。

他此舉太堅決，太決絕，看得門口那老頭兒一時愣住，眼神古怪，鬧不清他膽子到底是大還是小。只是在那草席掀開的一刻，他聞見一股酸腐氣息撲面而來，這才醒過神來，叫了一聲：「哎唷！我說你這小子，真是個愣頭青！這莊子裡雖燒著蒼朮、皂角，可你這麼冒失上前，吸了屍氣入口，可是要染病的！等著，我去拿塊口罩給你。」

口罩這物件在仵作這一行是十來年前才有的，聽聞是暮老的女兒推行的，中間一塊方巾，兩頭有耳繩，戴時掛在兩耳上便能掩住口鼻，比原先仵作驗屍時隨便拿塊布巾繫在腦後要方便得多。且這物件造價低廉，素布做的就能用，用前薰過蒼朮皂角，掩住口鼻頗能擋屍氣，因此很快便在這一行流傳開來。

說起暮老的女兒，江南各州縣的官衙沒有不知道的。這姑娘在這一行堪稱奇才，可惜她爹沒得這樣早，她終究是女子，沒法真在縣衙奉職，領不著朝廷俸祿，她一個女兒家，往後的日子可怎麼過下去？

老頭兒嘆了口氣，蹲下身將手中提著的白燈籠放在地上，給少年留了光亮，這才轉身出了廳院。

院子裡起了風，帶著雨後的溼氣掠過樹梢，月色裡鬼影搖曳。廳裡，燈影淺白，一張草席，一盞白燈，一具屍身，一名少年，畫面靜謐，幾分鬼氣。

不知過了多久，靜謐的畫面被細弱的聲音打破。

那聲音風聲裡嗚嗚低顫，弱不可聞，卻悲痛已極。

「爹……」

老頭兒去了半炷香的時辰，回來的時候除了懷裡揣著只口罩，手裡還端了個炭盆，提著罐醋，打算待會兒少年走之前，將醋潑在炭火上，讓他打從上面過，去一去身上的穢臭之氣，免得染了屍病。

此法乃仵作驗屍過後必行之事，義莊裡也備著，留給領屍之人用。

他端著東西上了臺階，一抬頭，人卻一愣。

廳裡，草席、白燈、屍身都在，少年卻沒了人影兒。

「人呢？」他將東西放下，駝腰進了廳裡，四下裡瞧了瞧，自言自語道：「該不是怕了這死人模樣，跑了吧？」

話音剛落，忽覺脖頸有點涼，一把刀抵住了他。黑暗裡，有人立在他身後，聲音森涼：「我爹是怎麼死的？」

老頭兒一驚，遂聽出這聲音是那少年的，頓時愣住。

少年繞到他面前，眸沉在黑暗裡，目光卻讓人透心的冷，「回答我的問題。」

老頭兒卻還沒回過神來，只瞪著少年，餘光掃見他手中的解剖刀，噺的一聲盯住他，「你小子……是仵作？」

這刀外行人不識得，江南的仵作卻不可能不識得。此乃解剖刀，在這一行也是個新物件，是暮老幾年前拿了一套到義莊驗屍，漸漸流傳開的。聽聞這套刀具也是他女兒畫圖讓鐵匠打的，長柄，薄刃，刀柄有長有短，刀刃有圓有尖，剝皮割肉剔骨，那叫一個鋒利！比老仵作行的鑿子鈍刀好用得多。只是身體髮膚受之父母，死者為大，除非有官令或者苦主允許，死者屍身上是不能動刀的，因此這套刀具用到的情況很少，流傳並不如那口罩廣。但身為仵作，大多人對這套刀具愛不釋手，儘管用到的情況極少，也有不少人私下裡打一套回去收藏的。

但除了仵作，見到這套刀具的人極少。這少年手中既然有，那他很有可能是仵作，難怪他敢晚上來義莊。

「我爹是怎麼死的？」少年沒答他，只重複剛才的問題。

老頭兒這時才注意到他的話，「你爹？你說暮老？只聽說暮老有個女兒，沒聽說他有兒子啊。」

「不想死，就別東拉西扯。」少年手中薄刀一橫，月色映著刀光，刀光裡目色森涼。

老頭兒望著那刀光，非但不怕，反而來了脾氣，眼一瞪，聲音一提：「怎麼死的，怎麼死的，你是仵作你問我？屍身渾身青紫，瞎子都看得出來是毒死的！你問我？」

這小子看著氣勢嚇人，其實不是個心狠手辣的，他若真想殺他，從剛才到現在，那刀不會一直留在他喉前三寸，一寸未近。

「我知道是毒死的，我是問你，可知道是誰毒死的。」少年的聲音異常平靜，一字一句卻如吐寒冰。

爹屍身已開始腐敗，以六月江南的氣候，過世已有四、五日，屍斑已初現淺綠，與屍身顏色幾近相融，僅憑屍斑顏色難以判斷是中何毒身亡。但她在屍身前跪了那一會兒，曾聞見淡淡的苦杏仁味，懷疑是氰化物中毒。

古代毒素萃取技術很不純熟，毒物大多從動植物身上而來，而含有氰化物的植物最容易找到的便是木薯和苦杏仁。但這兩種食物要大量食用或者食用了未經處理的才會中毒，爹身為仵作，略通毒理，不可能大量食用這兩種食物。

既然不是吃飯時貪食導致的中毒，那便是有人下毒。

還是那句話，古代毒素萃取技術很不純熟，能有本事將氰化物提取出來的人，定是製毒高手。而手中能有這等毒的人，非富即貴！

爹是被人毒殺的，凶手極有可能是權貴。

她要知道，此人是誰！

「前段日子，汴河城發了什麼大案，要我爹前來驗屍？」暮青望著那駝背的瘦老頭兒，換了個問題。

他不過是個義莊的守門人，問他凶手是誰，他未必知道。但城中出了什麼案子，他不可能不知道。

「我哪知道？」沒想到，老頭兒竟搖了頭，「我不過是個守門的，刺史府衙的案子哪輪得到我這把老骨頭過問？」

暮青的目光一點點冷了下去，地上的白燈籠照著她的側臉，將那暗沉發黃的膚色映得雪白，彷彿比地上的屍身還沒有溫度。

老頭兒目光閃了閃，往後退了退，板起臉來道：「你這小子，怎不信人？若能給刺史府衙辦差，還用得著在這義莊裡看屍守門？幹這行當的，哪個不是家貧落魄的？」

暮青不接話，手中刀刃雪白，黑暗裡忽然刺風破雪而來，雪光扎得人眼疼。刀逼近，一寸！

她是不信，她只信這一行的一句格言——死人的身體不會說謊，活人的表情不會說謊。

在她的前世，有一門在科學界裡還很新，卻被各國安全局和刑偵機構重視的學科，叫微表情心理學。

所謂微表情，即人的細微表情，細微到轉瞬即逝，沒有經過專業訓練的人通常難以捕捉到。但正是這些難以捕捉到的表情，通常會洩漏人內心的真實想法。

能夠辨識這些表情，看穿人內心真實想法的專家，被稱為微表情心理學家，也有個更貼切的名字——讀心專家。

在暮青前世，各國安全局和刑偵部門都聘有微表情專家，專門用來辨別間諜和擅長說謊的罪犯。國際上，微表情心理學家並不多，暮青恰是其中之一。正因為跨學科的科學家很難得，她才會一歸國便被特聘至國家保衛系統。

這世上，有本事在她面前說謊的人，還沒生出來！

她確定這老頭兒在說謊，他的表情太過嚴肅。這世上固然有不怕死的人，但沒有人會在面對死亡威脅時不緊張，再善於掩飾的人也會有細微的表情流露。這老頭兒的表情卻過於嚴肅，連緊張都被壓抑在了嚴肅的外表下。

人只有在出於抗拒心理的時候，才會減少面部表情和肢體動作，所以撒謊的人往往會比平時嚴肅。

若從常理上推斷，這年頭百姓閒餘生活頗乏味，一旦有案子發生，茶餘飯後定會四處傳揚。刺史府的案子雖輪不到這老頭兒過問，但他不可能什麼都沒聽到，且他在義莊守門，接觸州衙的官差，有消息定會比外頭百姓知道得快，且可靠得多。

「這案子，刺史府口風極嚴，來義莊的衙役嘴巴緊得活似透露一個字兒就要掉腦袋！不信你去街上打聽打聽，城中一點風聲都沒有，這案子……詭著！」

老頭兒盯住暮青手中的刀，似被那刀光晃著，渾濁的眼裡瞳縮了縮，眨了眨眼。

那刀光忽然又向前一刺！

再逼近，一寸！

瞳孔縮小，眨眼頻率增高，他還是在說謊！

老頭兒一驚，看了眼少年拿刀相逼的手，嗓門陡然一提，怒道：「好，好！那你一刀殺了我這把老骨頭得了！」

話音落，刀光起，夜風吹過廳堂，風有些冷，喉前有些涼。

老頭兒兩眼發了直，怒容瞬間僵硬，這小子……來真的？

暮青不想傷這老人，但他分明知道爹被害死的內情，卻有意隱瞞，她不敢保證面對他，她的冷靜能再維持多久。

爹死了，她驗看屍身、初斷死因、鎖定凶手範圍，已經用盡了此生所有的冷靜。她只想知道發生了什麼，然後，為爹做一個女兒應該做的事。

夏夜風細，過漏堂捲了燈影殘燭，搖搖曳曳照著少年的臉。那臉其貌不揚，粗眉細眼，不像一張有膽魄氣勢的臉，那氣勢卻都逼在了刀尖，刀尖冰冷，抵在溫熱的皮膚上，隨時準備一嘗鮮血的滋味。

真是人不可貌相，老頭兒嘆了一聲：「我不說也是為你好，即便你知道，這仇你也是報不了的。」

「報不報得了是我的事。」

「你！」老頭兒一噎，眼一瞪，忽然伸出根手指，一指天上，「這事兒，跟那位有關！這仇你報得了嗎？」

暮青望了望天，心中會意，眼神一變，語氣森寒：「說清楚點！」

「再清楚的我也不知道，這義莊是仵作常進出的地兒，我也是夜裡喝酒的時候，聽刺史衙門裡一個仵作說的。你可知，當今……」老頭兒聲音在穿堂風裡壓得低顫：「當今聖上頗好男風，這汴河行宮裡頭男妃三千，就是沒一個能延續子嗣的正經娘娘。聖駕年年六月來行宮，少說也有十年了，從來沒帶過女子！可這回，竟帶了一位娘娘來，可見這位娘娘有多得聖寵。可這娘娘也不知怎的，一來汴河……就死了！聖上大怒，命刺史府衙查明死因，緝拿凶手。」

「人死了，要查死因，可不是要先驗屍？可娘娘身分何其尊貴，又是女子，哪個仵作敢瞧她的身子？這要是瞧了，還不得挖眼、砍手？就算有人敢驗，驗明了死因，這可是天家祕聞！知道了這等祕聞，豈非禍事？刺史府衙仵作油滑，得了風聲便稱病在家，要滑躲了過去。刺史府皇命難違，暮老在江南一帶仵作一行又久負盛名，這差事便落在了他頭上。唉！」

老頭兒一嘆：「暮老被抬來的時候，我聞見他身上有股酒味兒，可能是喝了毒酒死的。」

他抬眼望了望暮青，搖頭淺嘆：「現在你知道了，你說，這仇是你能報得了的嗎？」

暮青沒回答，只轉身，如同她走進廳裡時一般走出去，單薄的背影夜風裡絕然。

老頭兒愣了好一陣兒才反應過來，伸著脖子喊：「你個愣頭小子！真要去報仇？哎唷喂！那可是株連九族的大罪！」

暮青不回頭，人已行至院門口。

老頭兒急得直跺腳，「你要捅了天怒，可別說是在我這兒聽去的！哎唷，我就知道不能說！我要被你害死！我要被你害死……」

他急得團團轉，一回身瞥見地上的屍身，愣了愣，忙奔出去，遠遠喊道：「屍身怎麼辦？你不領回去？」

暮青已轉出門去，聲音散在風裡：「寄留一晚，明日一早，我來領。」

汴河城沒有宵禁，隔街傳來的喧囂顯得壽材街上格外空曠寂靜。

街尾起了薄霧，白燭微淺的光晃著，照見一名少年自薄霧中來。走過半條街，少年停在了一家壽材店前。

那壽材店，松墨匾額，金漆為字，做死人生意的，倒做出幾分氣派來，儼然這條街上最大的壽材門面。

這時辰，店鋪已打烊關門，少年上前，敲開了店門。

被吵醒的小二打著呵欠，睡眼惺忪，瞧清楚門口站著的人後，頓時拉長了臉，「哪來的窮酸，來這兒敲門！」

瞧這少年的穿著，汴河城裡隨便一家富戶府上的小廝都穿得比他體面！真是個沒眼力的，也不掂量掂量自個兒身上幾個銅板，敢敲他們家鋪子的門。

「家裡死人了，抬街尾去！那兒專門安放死人，不用給銀錢！若沒錢選地，讓那兒直接把人拉去亂葬崗，連坑都省得你挖了！」小二沒好臉色地一指義莊方向，捽捽打打地轉身，便要關門。

身後忽然伸出一隻手來，小二頓時一聲慘叫，低頭間見肘窩被那少年用兩根手指捏住，瞧他身形單薄，不似是個有氣力的，卻不知為何，捏得他半條胳膊又痛又麻，哪還再有關門的力氣？

小二又驚又惱，抬頭要罵間，對上一雙沉靜的眸。那眸沉若古井，不見悲，不見怒，燈燭淺光照著，靜得嚇人。

到壽材鋪子裡來的都是家裡死了人的，來的人有一個算一個，無不哭哭啼啼，淒淒哀哀，就算心裡不悲苦的，也要做出一副孝子模樣，恨不得一頭磕死在棺材上！像這少年這麼眼神平靜的人，小二還是頭一回見。只是不知為何，他那眼神愈靜，愈讓人覺得心裡發毛，要罵出口的話就這麼哽在喉嚨裡，不敢再出一聲。

他不出聲，少年卻出了聲：「你們鋪子裡，最好的棺木要多少銀子？」

小二一愣，被少年的氣勢震住，竟一時忘了莫說最好的棺木，就算鋪子裡最差的棺木，他一身窮酸打扮也買不起，只如實相告道：「梓、梓木棺，耐腐不裂，木料裡做棺木最好的了，官宦人家都用這等棺木。店裡還有一口，要、要兩千多兩。」

兩千多兩。

平民百姓一年的吃穿不過三、四兩銀子，兩千多兩夠過幾輩子的。

少年聽聞，點了點頭，放開小二的手，轉身走了。直到他的身影消失在街口，小二還站在鋪子門口，一臉莫名。

轉過街角，喧囂漸現，繁華入了眼簾，暮青邊走邊尋，尋過兩條街，停在了一家賭坊門口。

那賭坊雕欄畫棟，頗有局面，大堂處置了面八扇紅木鏤雕屏風，兩旁各立一名綠衣女子，碧玉年華，粉面含春，盈盈一笑，屏風上的牡丹都添了明豔。

暮青抬頭望了眼頭頂，若非匾額上寫著「春秋賭坊」四個大字，她還以為到了煙花之地。

以青春貌美的女子迎客是商家慣用的手段，但那是在暮青前世，在古代可並不多見。古代女子閨訓嚴苛，輕易不拋頭露面，除了煙花之地，街面上的生意鋪面迎客的大多是小廝。賭坊門口，除了小廝，大多還會站著一群五大三粗、凶神惡煞的打手。

這間賭坊倒是知趣，小廝打手一個也沒瞧見，兩名少女立在門前，身姿勝柳，笑比春花，朝來往路人盈盈一望，許多男人便管不住腿腳了。

進出賭坊的人大多是衝著錢財來的，可若能順道養眼，想必沒人會拒絕。

這賭坊的老闆倒是個有生意經的。

「公子來玩兒賭戲？裡面請！」兩名綠衣女子見暮青只站在門口不進門，便齊齊上前來，衝她盈盈一福。

暮青回過神來，輕輕挑眉。她這等打扮，壽材鋪的小二都嫌她窮酸，賭坊這等地方應該更瞧不上她才是。這兩名女子眼中竟無絲毫鄙棄，待她與待方才進去的幾個華衣公子並無二致。

看來，這賭坊老闆除了是個有生意經的，還是個會調教人的。

暮青衝兩名女子一點頭，便抬腳進了賭坊。

她進去後，兩名女子卻在門外互望了眼，目露驚訝。春秋賭坊以女侍迎客是她們公子的奇思，連士族公子們來此都稱大開眼界，尋常百姓就更是聞所未聞了。她們在此迎客，見過的賭客多了，似這少年這般窮苦之人，要麼看見她們連眼都不敢抬，要麼連門都不敢進。這少年倒目光坦蕩，從頭至尾未曾露出一絲訝異，頗像見過大世面的人。

可……若真見過大世面，為何又這般窮苦打扮？

這邊，兩名女子正驚奇著，那邊，暮青進了賭坊，也有些稱奇。

只見紅梁彩帳，暖燭明堂，喧囂熱鬧滿了大堂。大堂裡，一眼難望有多少張賭桌，每張賭桌前的荷官卻都是女子，與門前迎客的女子一樣穿著綠蘿衣，桌前賭客有華衣公子，也不乏素衣粗民。賭坊開了三層，上頭兩層皆是雅間，門關著，卻關不住燈影人影，薰香脂粉香。

看來，這賭坊不僅做權貴的生意，也做平民百姓的生意。與那些做慣了權貴生意就看不上平民百姓兜裡那點小錢的不同，這賭坊倒是大財小財都想撈。

這賭坊老闆，看來不僅是個有生意經、會調教人的，還是個十足市儈的。

僅憑迎客和布置便將賭坊老闆看透了七、八分，暮青其實並不是對這老闆有多少興趣，她只是職業習慣作祟。同樣出於職業習慣，她並沒有一進來便急著入座，而是站在大堂入口，將每張賭桌都細細掃了一遍。

然後，她將目光定在了一張賭桌上。

那張賭桌外頭圍著的人最多，卻不似其他賭桌的熱鬧喧囂，許多人猶豫不定，氣氛顯得有些怪異。暮青在一些看客的表情上掃了眼，心中大致有了數。

她抬腳走了過去，撥開人群進了裡頭，果見這張賭桌上只坐了一個人。

這人一身粗布衣衫，衣襟大剌剌半敞著，一臉落腮鬍鬚把本就平平的相貌襯得更像粗人。如此不修邊幅，此人坐姿卻有些講究——雙腿微分，雙手據案，腰背挺直。

極似軍中坐姿！

再看這人，雖然相貌平平，眼神卻如鐵錘，往人身上一落，便砸得人心裡發慌。他不耐煩地掃了眼四周，一拍桌子，「到底還有沒有敢跟老子賭的！」

周圍賭徒被他那眼神一掃就怕了，哪有敢上前的？

人群後頭，卻有人在小聲議論——

「這人也不知哪來的，今兒手氣太好！瞧見他面前那疊銀票沒？也不知有幾千兩……」

「嘖嘖！幾千兩？發大財了！小爺啥時候有這手氣？」

「做夢去吧你！這人來了一個多時辰了，就沒輸過！瞧見剛走的那李公子沒？輸得褲子都脫了，八成回府搬救兵去了！」

人群在議論，那漢子已不耐煩，「他娘的，老子還沒盡興，再他娘的不來人，老子換別家了！」

說著，他已站起身來。

這人生得虎背熊腰，一站起來，生生比周圍看客高出一個頭去，他眼神往人群裡一落，便看得一群人縮了脖子，紛紛讓開一條路。

漢子一把撈起桌上的銀票，揣進懷裡便要離開，身後忽然傳來一道少年聲音——

「我跟你賭。」

那聲音有些低啞，漢子回身，與周圍賭客一同看去，只見對面椅子裡已坐了名少年。少年十五、六歲，粗眉細眼，面色蠟黃，身形單薄，衣衫也素，一看便是窮苦人家的小子。

正是暮青。

「你？」漢子明顯不認為少年賭技有多高超，「你有本事贏老子？」

少年端坐，全無被小視了的惱怒，目光平靜，望進漢子手中，「你手裡的銀票有多少銀子？」

漢子望了望自己手中，隨即愣了愣，撓了撓頭，「老子沒數，少說五、六千兩吧……」

「不用那麼多，我只要三千兩。」

啥？

不僅漢子愣了，周圍看客也都愣了。

三千兩，還只要？口氣不小！

有人哈的一聲笑了，「小子，毛還沒長齊，就別出來學人賭錢了。小心待會兒輸得褲子都……」

「啪！」這人話音未落，少年將手往桌上一拍，掌心下清脆的聲響震得周圍一靜。待他手拿開，眾人全都瞪圓了眼，眼神發直。

桌子上，一字排開三枚銅板兒。

少年誰也不看，只望著漢子，吐字清晰，卻令聽見的人集體崩潰：「三文錢，賭你三千兩！」

三文錢，賭你三千兩。

賭桌周圍忽然便沒了聲音，所有人都以為自己耳朵出了毛病。

漢子頭一個反應過來，瞪向少年，「三文錢怎能賭三千兩？」

「怎麼不能賭？」少年端坐，面色頗淡，「所謂賭，不過就是贏了腰纏萬貫，輸了傾家蕩產。三文錢可以變三千兩，三千兩也可以一個銅子兒都不剩。我沒有一個銅子兒都不押，我押了三文。」

我押了三文……

賭桌周圍，陷入另一波死寂，所有人都抽了抽嘴角。

漢子卻有種血氣直往腦門上湧的衝動，「你當老子是冤大頭嗎？你贏了，三文贏老子三千兩！老子贏了，三千兩就贏你三文？」

他不覺得他押的籌碼少了點？

暮青挑眉，「三文也得你贏了去才算你的。你若不能贏，我押三文或押三千兩，對你來說有區別嗎？」

漢子聞言，心頭騰一下冒了火，「敢情你小子覺得自己一定會贏，押三文還是瞧得起老子？」

「我是瞧得起那三文。」暮青穩穩坐在椅子裡，目光誠實，「對我來說，三文錢夠買三個饅頭，三餐溫飽。所以，三文錢我也沒打算讓你贏走，我的還是我的。」

「……」

氣氛死得不能再死，有的人抽搐著嘴角，不知為何想笑。

好一個我的還是我的！夠霸氣！可是，這霸氣若只為了三文錢，真不知該說這少年是霸氣還是摳門。

漢子氣得直喘粗氣，拳頭握得嘎吱響。這小子，真有把人氣瘋的本事！

周圍看客見勢，不免替少年捏了把汗。這漢子瞧著可不是個好惹的，那虎背熊腰的身形，一個能抵少年倆，那拳頭比少年臉盤子都大，這要是惹惱了他，今夜怕出不了賭坊！

砰！

漢子果真一拳砸在桌上，響聲震得大堂靜了靜，各桌賭客轉身的轉身，伸頭的伸頭，整間賭坊大堂的人都望了過來。

只聽他道：「好！你小子有種！敢蔑視老子到這種地步，老子不跟你賭還能算是爺們？不過，賭注得換一換。」

暮青聞言，眉頭都懶得動，只瞧著漢子，等下文。

「老子不要你那三文，老子要你一隻手！」漢子一笑，落腮鬍子襯得那笑容有些猙獰，目光沉沉往暮青的右手上一落，「就要你剛才放下三個銅板的那隻手！」

他這是惱了暮青小瞧他，想廢他那隻拍出三枚銅板的手出氣。

大堂頓時更靜，靜得有些詭異。

賭坊裡輸了錢，別說砍手，丟了命的都有，沒什麼稀奇。稀奇的是有人敢在春秋賭坊下這等賭注。

春秋賭坊背後的東家可是魏家！這魏家乃江南第一富商，與江南四州的門閥士族有著盤根錯節的關係，聽聞近幾年連盛京那邊朝中的大員都與魏家有交情。

魏家富甲一方，少主魏卓之卻是江湖中人，一手易容的本事出神入化，輕功更是一絕，自認第二無人敢稱第一，江湖人稱公子魏。

公子魏這些年行蹤不定，但春秋賭坊以女侍迎客坐莊便是他的手筆，他這賭坊裡一個打手都沒養，連個小廝都沒有。凡來此處的士族公子、富商權貴都給他幾分薄面，莫說砍手殺人這等事，便是尋常打架鬥毆都沒有。

今兒這粗漢和少年是哪裡來的二愣子，敢在公子魏的坊中下這等賭注？若真血濺當場，染了他的賭坊，怕今兒誰也走不了。

「好！」這時，一聲淡然的聲音傳來，暮青竟點了頭。

她答應得痛快，漢子倒深看了她一眼，「你小子倒有點膽量！不過話說在前頭，到時候別求饒，老子不會手下留情的！」

「願賭服輸，到時你也別抓著銀票不捨得放。」

「你先贏了老子再說！」漢子一哼，將手中銀票往桌上一拍，啪的一聲，震醒了大堂裡的賭客。

賭局就此設下了？

大堂裡靜得落針可聞，片刻過後，喧囂乍起，賭客們紛紛離桌，潮水般聚了過來。

在公子魏的賭坊敢設這等賭局，本就有戲可看，三文錢對三千兩的賭局更是聞所未聞！

此等熱鬧，今夜不看，日後還不知有沒有人再有膽子設！

賭客們迅速將兩人所在的賭桌圍了個裡三層外三層，後頭瞧不見的人紛紛上了二樓，憑欄下望。

這場面讓大堂裡的綠衣女侍們紛紛對望，其中一名衣裙佩飾明顯華美些的女子垂眸後退，從側面樓梯悄悄上了三樓，在當中一間雅間門外一福，悄喚了聲：「公子……」

大堂裡，漢子已拉過椅子，坐到了暮青對面，問：「你想怎麼賭？」

「玩骰子！開三次，三局兩勝者贏。」

「這麼簡單？」漢子眯眼，哼笑一聲：「實話告訴你，老子還沒學會走路，就學會玩骰子了！你小子就等著輸吧！」

「我還沒說完。」暮青補充道：「雖然可以開三次，但搖的次數無限制。即是說，我不想開的時候可以不開，你不想開的時候也有權利不開。只要其中一人不開，這局就要重新搖，搖到我們雙方都肯開的時候才作數。如此，開三次，三局兩勝！」

漢子一愣，周圍的看客們也一愣。但眾人是老賭，這玩法的妙處在哪裡，略一思量就明白了。

骰子，也就是色子，在賭坊裡是最常玩的。三個骰子，一個骰盅，點數大的贏。這種玩法是最容易上手的，在開盅前誰也不知點數是大是小，是贏是輸，因此無論玩多久都不會覺得乏味，永遠刺激神祕。

這少年的玩法倒有趣，雙方可以選擇對自己有利的點數開盅，即認為自己搖的點數太小，可能會輸時，可以選擇不開盅，這倒是增加了可玩性。

但這玩法有一個死穴——不能遇上高手！

玩骰子的高手可聽聲辨色，或者僅憑手感就能搖出三花聚頂來！遇上這等高手，除非不開盅，開盅就是輸，重搖多少次都沒用！

很不幸的是，這少年對面的漢子就是這等高手。他今晚來賭坊一個時辰就贏了五、六千兩，一次都沒輸過！

除非這少年也是高手，否則沒機會贏。

「哼！玩法倒是新鮮！不過，再多花樣都沒用，老子會讓你知道，老子賭爺的名號不是白得的！」漢子哼了哼，盯住暮青的手，殺氣畢露，「你的手，今晚老子要定了！」

「贏了我，你再稱賭爺也不遲。」暮青也哼了哼，這玩法，恐怕在場的所有人都沒參透其中的精髓。

這不是賭技的比試，而是心理戰術的比試。

誰能將對手的心理玩弄於股掌，誰就贏！

很不湊巧，她是心理學家。

微表情心理學家。

前世，閒暇時她也會和同事搓搓麻將、打打撲克，但沒多久就沒人跟她玩了。無論是麻將、撲克還是骰子，逢賭所有同事都繞著她走，沒人願意跟一個心理學家打牌，除非想往她口袋裡送錢。就連她的好友，身為特工受過專業賭技訓練的顧霓裳，也一次都沒贏過她。

前世如煙散，轉眼她已身在大興十六年，有時醒來，如在夢中……

「啪！」忽來一聲響，震醒了暮青。她抬眼，這才發現那漢子已搖好了骰子，下了骰盅。

漢子語氣神態皆是自負，「老子開！你呢？」

暮青不說話，只拿起骰盅，隨便搖了兩下，放下，「不開。」

她動作隨意，語氣隨意，隨意到令漢子和看客們都以為自己眼神出了問題。

這少年似乎並沒有將這場賭局放在眼裡，且他那搖骰盅的手法，看起來根本就是個門外漢！

一個門外漢，敢三文錢賭人三千兩？

一個門外漢，敢跟人豪賭自己一隻手？

瘋了吧？

「小子，你的手不想要了？」漢子眉頭緊鎖，臉色發黑。

「想啊，繼續。」暮青眼也沒抬，語氣還是那麼隨意，任誰都聽得出她有多敷衍。

這敷衍果真惹惱了漢子，他一把抓起骰盅，好似抓的不是骰盅而是暮青的脖子，眼裡有利箭在飛，手中甩得生花，骰子在盅內劈里啪啦爆響一陣兒，砰地往桌上一砸，「老子開！你呢！」

「不開。」暮青還是隨便搖了兩下就放下。

「臭小子！」漢子兩眼冒火，氣得直磨牙。他實在搞不懂這小子腦子裡在想啥，想贏銀子，又不肯認真跟他賭，他真不想要他的手了？

抄過骰盅，骰子搖得更響，漢子再問：「老子開！你呢？」

「不開。」

不開，不開，還是不開。一連三局，暮青都不開盅，瞧得大堂的看客們都急了。

但很快，他們發現急得太早了。

接下來，大堂裡的聲音在「老子開」與「不開」中起起落落，一連十數次，暮青都不開盅，且愈來愈敷衍，漢子的臉色則愈來愈黑。

當骰盅再次砸在桌上，漢子的臉色已黑成鍋底，耐心磨盡，扯著嗓子吼道：「老子開！你他娘的到底開不開！」

話音落，他臉上怒色忽然一滯！低頭，看向桌上扣下的骰盅，臉色變了變。剛才一腔怒火都在對面少年身上，搖骰時有些分心，似乎……有些失手？

心裡咯噔一聲，但隨即他又放下心來。怕啥？這小子十幾局都不開，哪那麼湊巧偏偏挑中這一局？

但這念頭剛興起，便見暮青抬了頭，原本敷衍的眼底忽見精光，只聽她道：「開！」

開！

只一個字，大堂氣氛潮水般炸開。

漢子的臉卻綠了，當真這麼湊巧？

這時，大堂已人聲鼎沸：「小子，總算要開了！還以為你要磨蹭到天亮呢！」

「這門外漢的賭技就算磨蹭到天亮也是個輸，還不如痛快點兒！」

「嘿！痛快點兒手可就沒了。」

「想保住手？待會兒鑽褲襠跪地求饒，喊三聲祖宗，說不定那漢子會發善心饒過他，哈哈……」

催促、嘲弄、幸災樂禍，所有人都不看好連骰盅都不太會搖的少年。少年坐在賭桌前，脊背挺直，不惱怒，不爭辯，只一抬手揭開了骰盅，以最簡單最直接的舉動，讓所有人閉了嘴。

大堂裡剎那一靜！看客們眼睛漸漸睜圓，二樓憑欄觀賭的人伸脖子、探身子，恨不得把半個身子都探下去。半晌，有人開始揉眼，不敢相信那骰盅下的點數。

三花聚頂？

這少年不是門外漢嗎？

漢子也盯著那點數，漸漸瞇了眼。再抬眼時，他目光已如炬，哼道：「沒想到，老子竟有看走眼的時候，倒沒瞧出來你小子深藏不露！」

說話間，他一抬手，也開了骰盅，瞧也沒瞧一眼便道：「這局，老子輸了！」

氣氛又一靜，看客們又開始揉眼，二樓觀賭的有幾個一個趔趄，險些一頭栽下去。

三三六！

失手了？

一個連勝數人贏下五、六千兩從未失過手的高手忽然失了手，一個搖骰手法普普通通頗似門外漢的少年開出了三花聚頂！

誰是高手，誰是賭爺，今晚的戲可真讓人猜不透。

暮青垂眸，有什麼猜不透的？不過是一場心理戰。

她口出狂言要贏人三千兩，卻一副敷衍的姿態應戰，一連十幾局都不開盅，是個人都會心中窩火。一旦被情緒掌控分了心，再厲害的高手也會失了水準。這漢子對自己的賭技太有自信，每一局他都喊開，多次重複同一句話，很快便形成了短時思維定式和習慣。

當習慣形成，人往往會不等大腦下達指令便按習慣行事。因此他失手的時候也會習慣性地喊開，即便在這之後反應過來，也為時已晚。

一個被情緒和習慣掌控的對手，從來都難以成為對手。

「哼！這一局是老子小瞧你，下一局，你小子沒這麼好的運氣了。」漢子哼了一聲，重新坐下來。

暮青挑眉不語，只示意他繼續。

但接下來與第一局沒什麼不同，漢子依舊是每局都叫開，暮青依舊是敷敷衍衍地不開盅。那漢子看起來愈來愈心急，脾氣愈來愈暴躁，終於在一連十幾局後，臉色又驟然一變！

這回沒等暮青開口，看客們先興奮了。

「小子快開！他又失手了！」

這漢子今晚本來運氣太好，也不知是不是好運氣用盡了，風水輪流轉，這會兒轉到這少年身上了。不管這少年剛才那三花聚頂是憑賭技還是憑運氣，很顯然，他今晚運氣還是不錯的。只要他此局骰盅下的點數不小，就有贏這漢子的可能。

沒想到，三文錢還真能贏回三千兩來！

看這少年家境貧窮，三千兩可夠他吃幾輩子的了！

凡是來賭坊賭錢的，除了士族公子閒玩豪賭，尋常百姓哪個不是圖個天降橫財？

彷彿看到了暴富的活範本，看客們激動得滿面通紅，巴不得奔下樓去，替暮青將那骰盅給開了！

「不開。」暮青淡淡開口，給所有人澆了盆冷水。

這漢子暴躁，卻並非沒有腦子。第一局輸了，反倒讓他冷靜了下來，剛才，他確實一副大驚失措的樣子，也騙過了眾多看客，可惜，他遇到的對手是她。

在她面前，世間並無演技二字。

出賣這漢子的是他的肩膀。他大驚失色時，肩膀的衣衫卻在微動，幅度呈上下震動，說明他桌子下的腿腳在踮動。這在心理學中稱之為「快樂腳」。

能夠洩漏人內心的不是只有表情，還有人的動作。

有一個詞，叫做「察言觀色」。我們通常會通過觀察別人的神色和所說的話，來推測一個人的喜怒。但其實，人是會偽裝的生物，表情可以用演技來偽裝，說出的話也不見得是實話。

因此，暮青在辦案的時候，從來不先看嫌疑人的臉，而是先看他的腿腳。人的腿和腳是身體最誠實的部位，一個人在專注演技的時候，通常無暇顧及腿腳動作，這主要與人的大腦有關。

在選修心理學的時候，教授曾經告訴過她，肢體動作、面部表情和所說的話，很少有人在說謊的時候，能夠讓三者同時達成一致。

當這三者不一致，此人所說的話真實性就有待探索。

這漢子臉上大驚失色，動作卻告訴她他很開懷。這只能說明他在演戲，這一局不過是個套，佯裝失手引她開盅罷了。

暮青淡定坐著，漢子卻不淡定了。

漢子以前是個賭徒，混帳胡鬧了些年，沒幹啥好事，就練了一手賭桌上的賭技演技。從軍後，西北苦寒，夜長難熬，沒啥打發時間的，他便犯了賭癮。軍中漢子都是粗漢，沒進過賭坊的跟沒砍過胡人腦袋的，都是要被嘲笑的。他的賭技曾力壓軍中，號稱賭爺！自從軍中禁賭，他輸給了大將軍一次後，這些年便沒再動過骰盅。

這次南下汴河城便是奉了大將軍的軍令，同顧老將軍一起將新軍帶回西北。汴河城不是軍中，不必遵守軍規，他手癢便來賭坊裡小玩一把，賭技竟沒怎麼生疏，一個時辰便贏了五、六千兩。

與這小子開賭，頭一局輸了是他輕敵，可這一回又是怎麼回事？

漢子有些不服氣，總覺得暮青看穿他是湊巧，黑著臉一抄骰盅，繼續！

可是，事情愈發詭異了起來。

不論他怎麼虛張聲勢，少年都只是注視著他，那雙細長的眸清明澄澈，乾淨得彷彿照見世間一切謊言。

他數次佯裝失手，數次被看穿，沒有一次能騙得少年開盅。

漢子被瞧得渾身難受，終於忍無可忍，粗拳往桌上一砸，衣袍似颳了一道潑風，直撲暮青面門，「你他娘的幹麼總盯著老子瞧！」

拳風裡，暮青端坐不動，只聲音淡了淡：「你未出閣？」

噗！

大堂裡沉寂片刻，眾人噗噗笑出聲來。

這小子，嘴太毒了點！

漢子被暮青譏諷成未出閣的姑娘，害羞給人瞧，頓時臉紅脖子粗，眼裡刀風恨不得將她砍作八段，怒吼：「那你到底啥時候肯開！」

「你管我，我又沒違反規則。」

「你！」

「有時間吵架，不如繼續。不然，磨蹭到天亮，這場賭局也未必有結果。」

「老子磨蹭？」到底誰磨蹭？這小子怎麼這麼氣人！

漢子抬眼瞪著暮青，只見少年一張平凡的臉，丟去人堆裡認都認不出，確實沒有高手模樣。可只半個時辰，他便知何謂人不可貌相。

嘖！這小子好生古怪！他回回都能看穿他在演戲，到底是怎麼辦到的？

漢子心煩意亂，邊猜測邊搖著骰盅，往桌上一放，順口道：「老子開……」話剛順口說出，他臉色又一變！

看客們已無動於衷，這漢子臉色變了好幾回了，少年總不開盅，估計這回還是不開，上局他那三花聚頂八成是運氣。

「開！」看客們意興闌珊時，暮青又丟出一字，同樣乾脆俐落地開了盅，以最直接、最簡潔的方式讓興味索然的瞪掉眼珠，搖頭猜疑的悉數閉嘴。

「三花聚頂……」

「又是三花聚頂！」

憑欄而望的再次探出半個身子，賭桌周邊的再次踮腳伸頭。人頭攢動遮了紅梁彩帳，人聲鼎沸滿了暖燭明堂。

眾目睽睽下，漢子揭開自己的骰盅，卻沒看那裡面的點數，只望定暮青，收了暴躁煩怒，頭一回目光認真，問：「你怎知這局老子的失手是真的？」

這小子，賭神不成？

暮青沒答，只道：「三局兩勝，下一局沒有再賭的必要了吧？」

她話音起，看客們的目光這才從兩人的骰盅裡驚起，恍覺賭局已分出了勝負。

兩局，少年都開出了三花聚頂，漢子卻連連失手。

難道真是看走了眼，這窮酸少年是賭桌高手？

暮青從未說過自己不是高手。

選修心理學那段時間，她身在國外。為了實踐，她曾有一段時間日夜泡在拉斯維加斯的賭場，通過觀察對手的表情和動作來預測勝負。也是那時候，她練了一手好賭技，只是她不喜歡花稍的技法。

這與她的本職工作有關。她是法醫，職責是對屍體進行分析，判明死亡原因和時間，推斷認定凶器，分析犯罪手段及過程。她的工作便是抽絲剝繭，因此她不喜歡一切掩飾真相的東西。

賭技高低不在於花稍的技法，她不喜歡譁眾取寵，她喜歡高效、有序。平平無奇的技法省去了花稍的表演時間，既高效，又能令對手產生輕視心理。

至今為止，輕視她的人，從未贏過她。

暮青看著那漢子，現在她贏了，就看對方打不打算願賭服輸了。

啪！

漢子一掌拍在桌上，掌風浪捲濤翻，袖子一掃，三張銀票渡至暮青面前，「老子輸了就是輸了！銀票給你！但你得說說，你是怎麼看穿老子的？好叫老子這三千兩輸個明白！」

暮青看了眼桌上銀票，再抬眼時目光格外認真，望了漢子片刻，點了點頭，「是你自己告訴我的。」

啥？

漢子一愣，眉頭一擰，臉色不快，「老子啥時候告訴過你！」願賭服輸，耍賴那等不入流的事他向來瞧不上，他自認為這銀票給得乾脆，也沒為難這小子，不過是問一句自己怎麼被看穿的，求個輸得心服口服。怎知這小子張口胡言？

他啥時候告訴過他？他腦子不好使了才把自己的底告訴對手，他又不是找輸！

漢子目光含銳，漸挾了風雷，氣勢渾厚如冠五嶽，驚得四周漸靜。那是屬於西北征戰長刀飲血的男兒氣，在這數百年繁華江南古城，賭徒們不識血氣，卻仍感到了氣氛的不妙。看客們驚懼過後，紛紛後退，賭桌外漸空出一片空地，眾人遠遠掃了眼少年，都覺得今夜他怕是沒那麼容易離開了。

少年在紅梁彩帳下立得筆直，燈火裡落在地上的影子都未折一分，面色清冷，不懼不驚，手一抬，指向了周圍的看客，「你嚇著他們了。他們所有人在剛剛退開前，都出現了同一個反應，那就是腿腳僵硬。」

漢子下意識看向周圍，一臉莫名，不知少年提這些看客做啥。

看客們紛紛低頭望向自己的腿腳，想起方才後退之前確實驚住片刻，不由抬頭望向少年。

「這種僵硬叫做凍結反應，人遇到危險時的本能防禦反應，沒有例外。你可有打過獵？」暮青冷不防地問。

漢子愣了愣，擰著的眉頭半分未鬆，不耐，「打過！怎麼了？」

他在西北，那可是打獵好手！大將軍帶人深入大漠，哪回都不缺他！

「你打過獵，就應該會發現獵物在警覺有危險靠近之時，會停下所有動作，抬頭豎耳，全身僵硬。」

漢子又一愣，想了想，似乎是的。

暮青又問：「你可有遇到過危險？」

「當然遇到過！」西北邊關與五胡作戰，哪天的日子不是刀尖兒上過？

「你遇到過危險，就應該能想起你在遇險的一瞬也會全身緊繃，形同你打獵時遇到的獵物。」

「……」

「這是本能，即便進化為人，也不會丟失的動物性本能。」

「……」

「方才你失手的一瞬，目光焦距鎖定，脖子僵硬，呼吸屏住，這些都屬於凍結反應。你可以掩飾，但真相就在你身上。你的身體反應告訴我你遇到了危險，我們身在賭局，能讓你感覺到危險的只有輸這一件事。所以我知道，你失了手。」

「……」

喧囂熱鬧的大堂，一時竟無人聲。

無人反應過來，也確實不知如何反應。

這些都是什麼說法，從來沒人聽說過。

暮青並不管有沒有人聽得懂，她遵守了交換條件，解釋完了，就可以離開了。她將桌上銀票拿起來收進懷裡，提起包袱便往人群外走去。

沒人攔她，人群不自覺地散開，讓出一條路來，看少年走出人群，燈影裡背影單薄，卻生出幾分卓絕來。

「站住！」

身後漢子忽然一喝，暮青停步，回過頭來，面上覆了幾分寒霜。

漢子望著暮青，卻並非要刁難，只道：「小子，報上名來！老子好些年沒輸過了，總得知道贏了老子的人叫啥名字。不管日後有沒有機會再見，老子都記住你了！」

面上寒霜漸去，暮青回望漢子片刻，不發一言轉身離去，聲音透過單薄的背影傳來，寡淡，疏離——

「周二蛋。」

言罷，她已出了賭坊。

賭坊裡久不聞人聲，半晌，漢子嘴角一抽，撓頭咕噥：「娘的，比老子的名字還難聽！」

三樓當中的雅間裡，同樣有人嘴角一抽。

男子青衣玉帶，手上執一把摺扇，扇面半遮著面容，避在窗旁俯望大堂。那一雙細長的丹鳳眼含笑帶魅，眸底滿是興味，「一個姑娘家，把自己易容得那麼醜已是夠心狠，連名字都忍心取成這樣，有趣！實在有趣！」

別人許看不出那姑娘易了容，但逃不過他公子魏的眼。他除了輕功敢稱江湖之最，易容術更是早年便青出於藍，在他師父合谷鬼手之上。這姑娘的易容術在他看來不過是粗淺技法，雖然這粗淺技法她用得十分嫺熟，但在他眼中還是生嫩了些。

「你眼中有趣的女子太多了些，今日午前才有一人。」身後一道散漫聲音，燭影深深，暖了彩帳，那人聲音卻勝似初冬寒雪，懶散，微涼。

魏卓之回身，身後一張美人榻，榻上松木棋桌，一人懶臥，醉了半榻風情。

那人面上覆著半張紫玉鎏金面具，手中執一子，目光落在棋局裡，只瞧見華袖裡指尖如玉，奪了身旁木蘭天女之姿。

「你是說我見異思遷？」魏卓之一笑，聲音卻陡然拔高，扇子忽的一合，指天發誓，「冤枉！天下男子，唯我念情！我家中有一未婚妻，年方十七，名喚小芳……」

榻上男子垂眸望著棋局，只當沒聽見。

魏卓之卻沒再玩笑下去，走來另一邊坐了，執起一子，落時問：「她說的那些話，你覺得有幾分道理？」

「嗯，有些道理。只是……」男子手一抬，指尖棋子燈影裡揮出一道厲光，劍風雪影，落入棋盤，脆聲如雷，眉宇間卻融一片懶意，聲懶，意也懶：「險些壞了我的事。」

「不險不險，她只要了魯大三千兩，沒都贏走。他拿了我春秋賭坊的銀票，回去顧老頭那邊一頓軍棍是少不得的。我這趟西北之行，定能透過此人探得些西北軍中實情。」魏卓之氣定神閒一笑。

當今朝廷，外戚專權，元家獨大，內掌朝政，外有西北三十萬狼師。如今又趁五胡聯軍叩關之機在江南徵兵，擴充西北軍，元家之心昭然若揭。元修身在邊關十年，他是何心意必須細探。

大堂裡喧囂漸起，賭客們談論著方才的賭局，倒顯得屋子裡一時靜了。

「你就沒興致？那姑娘所說的你我可是聞所未聞。」

「你都說了她是女子，我身邊不留女子。」

「我知道，天下人都知道，你好男風，且喜雌伏。」魏卓之搖著扇子笑道，鳳眸飛揚，飽含惡意的戲謔。

步惜歡融在榻裡，不言，只抬手落下一子，指尖寒涼浸了衣袖，棋局頓現慘烈殺伐。

魏卓之眼皮一跳，咬牙，這是報復！

「但瞧她年紀不過及笄，這等高論未必出自她身，許是高人所授，若能招攬到這位高人，定對你有助！」

他們身在爾虞我詐的局中，若天下有一人，能察言觀色於細微處，窺人所思所想，此人定為利器！

「天下利器，多為雙刃，傷人，亦能傷己。」步惜歡袖子一拂，手中握著的棋子盡數散去一旁。

此局，已定。

魏卓之也丟了手中棋子，行棋布局，他從不是他的對手，「所以這姑娘不能放走，我讓綠蘿請她回來。若不能為我所用，亦不能為他人所用。」

「不必。刺月已去，此時應在帶人回來的路上了。」步惜歡往後一融，漫不經心闔眼，燭困香殘，幾分倦意。

魏卓之卻驚了驚，刺月部出動了？何時之事？

他雖武藝平平，但兩人身在一處，步惜歡命刺月部出動，他不至於毫無所覺。可他竟真的未察覺到，莫非……

「你功力何時又精進了？」

「總不會是你，多年不見長進。」

魏卓之一嗆，他敢保證，這也是報復！他不就是說了句雌伏？這人能不能別這麼小心眼？

忍著刺駕的衝動，魏卓之頷首道：「既如此，我就等著了。一會兒那姑娘來了，倒要瞧瞧她是什麼人。」

夜色漸濃，街上人疏。唯秦樓楚館燈火深深，入夜笙歌漸暖。

暮青轉進一條窄巷，停下了腳步。

「出來吧。」巷深昏暗，瞧不見少年神色，只聞聲音涼意入骨。

這些年來，她少進賭坊。暮家落在賤籍，身分低微，錢財多了易惹禍事，且富貴非她此生所求，日子和樂，清貧她也過得。只有一年，爹驗屍時不慎染了病，纏綿病榻數月不起，家中銀錢耗光，她便易容進了幾次賭坊。那時，她一回只贏夠抓藥的錢，區區幾錢銀子，不曾惹人注意。今夜三千兩銀票在手，出賭坊時她便知道被幾個賭徒盯上了。

街上人少，她三繞兩繞的也沒能甩開人。她只學過格鬥，反追蹤這等技巧是顧霓裳的專長，不是她的。

再過一條街便是壽材街，她不想把這幾個人帶去義莊擾爹安眠，要解決便在這裡。

「出來！」暮青再道，轉過身望向巷子口。

無人應聲，亦無人現身。暮青等了片刻，只見月色燭地，巷子口幽靜無聲。

她皺了皺眉頭，抬腳走了過去。

夜風溼涼，少年一人行在窄巷裡，晚風送來隔街悠悠笙歌脂粉淺香，香散在雨氣裡，與青石溼氣混在一處，淡淡腥氣。

腥氣？

暮青皺著的眉頭緊了緊，面色忽然一沉，腳步倏停。

幾乎同時，身後忽有風來。

這風逆著巷子送來，暮青驚覺風向不對，下意識蹲身，就地一滾，滾去窄巷一側，抬眼間一瞥，掃見巷口拐角處三具橫陳的屍體。

那三具屍身直挺挺倒在地上，雙目圓睜，脖子微仰，頸間一道血痕，鮮紅慢慢湧出。

血在湧，人剛死。

創口平滑整齊，銳器傷。

傷痕繞半頸，軟兵器。

傷口細如絲線，銅線鐵線類的凶器？

沒有時間去想這三名賭徒為何被殺，沒有時間去想襲擊自己的人是何身分目的。得益於兩世法醫的豐富經驗，僅憑一眼，暮青率先推斷了對方的兵刃，幾乎同時，她身形暴退，後背緊貼上石牆，縮進對方兵刃難以下手的死角。

與此同時，她袖口一抖，刀光乍亮，往頭頂一擲！

刀色寒涼，刺破夜色，風裡一聲脆響。

頭頂，一道黑影抹了月色，飄落遠處，無聲。

地上，一把刀落在黑衣人腳旁，沒入青石板半截，亦無聲。

暮青掃一眼黑衣人腳旁的刀，以她的臂力，絕無可能將刀扎進青石板，她的刀是這黑衣人揮落的，對方是內功高手！

暮青不懂內功，她不曾有機會接觸這些。古水縣乃江南小縣，縱然發了人命案子，也多與江湖事無關，因此身在大興十六年，她至今不識內功深奧，也不曾遇到過江湖高手。

今夜初遇，雖不知對方目的，但對方出手便殺三人，定然來者不善！

暮青心中沉了沉，她的格鬥技近戰凶猛，但前提是得近得了對方的身。以此人的身手來看，戰贏，難！逃脫，也難！

她眉頭緊鎖，這時，那黑衣人瞥了眼地上。顯然，解剖刀的古怪樣式令他分了心。

正是這分心的工夫，暮青神色一凜，袖中寒光倏現，抬手便又擲向黑衣人！她抬手的一瞬，黑衣人已察覺，指尖一彈，便聽一聲脆響，夜風裡錚的一聲長音，飛射入牆。

刀入牆，暮青已奔至巷子口，眼看便要轉過街角，踏入那燦爛喧囂的長街。黑衣人鬼魅般飛身而至，窄巷裡如一道幽魂，頃刻便逼近暮青身後。暮青忽然停步，回身，袖口又現一道雪光，這回卻沒有擲出去。她掌心一翻，刀身對著月色一照，一轉，刀光如雪，正晃在黑衣人眼上。

黑衣人沒想到有人竟會用此陰招，刀光映了眼，他雙目一虛，暮青抬手將刀往前一送！

臍下一寸半，氣海！

此穴不可傷，傷之則衝擊腹壁、動靜脈和肋間，破氣血瘀，身體失靈！

暮青雖不知內力為何物，卻也知內家行氣，氣破則功散。

黑衣人悶哼一聲落至地上，手一抬，將刀從腹中拔出，帶出一溜兒血線。

那血線擦著青石路滑去巷子深處，他單膝往地上一跪，竟再難動一下。

任務無數，傷了無數，從未像今夜這般一招被人所制，對方還是個不懂功夫的少年。

暮青望見那刀尖上的血不過一寸，卻不由心驚。她是用了全力的，竟只扎進一寸？若非今夜機警，用計破此人內力，怕是她真的走脫不得了。

她皺了皺眉，街上人雖已少，但三名賭徒陳屍巷口，若有人路過，必生事端。她深望了黑衣人一眼，壓下想審問他身分目的的念頭，後退轉身，奔進長街。

黑衣人欲追，奈何腿腳詭異地不聽使喚，只得眼睜睜望著人消失在視線中。

半個時辰後，春秋賭坊。

薰爐換了暗香，紅燭明滅。一人跪在燭影裡，身上鮮紅暗落。

步惜歡攬衣融在榻裡，手中把玩著三把樣式古怪的薄刀，燭影映深了眉宇，微微跳動。

「是她？我該說這真是緣分嗎？」魏卓之哈的一笑，滿眼興味，「我說最近江湖上怎麼能人輩出了，原來一直是她！」

那位有陰司判官之能的姑娘，他記得在船上時看得真切，她並無內力，竟能破了月殺的內力，令他如此狼狽，當真好本事！

他倒是愈來愈好奇了，一介仵作之女，功夫奇詭，賭技高明，還能察人觀色於細微處——她究竟是何人？還有何能耐？

「我記得你對她並無興致，對吧？那若得知她師從何人，那位高人你自去招攬！這姑娘，你可不許跟我搶。」魏卓之手中扇子一展，笑出幾分市儈氣，「以這姑娘之才，文能做荷官，武能當打手，若肯來賭坊，定能幫我將送銀子的撈進來，想鬧事的打出去。」

言罷，不等步惜歡開口，他便對屋外道：「來人。」

「公子。」門開了，一名綠衣女子走了進來。

魏卓之扇子一合，吩咐：「人在汴河城，速尋！」

天曚曚亮，霧色漫了城郭，一名少年敲開了義莊的門。

守門人一夜未眠，細細聽著城中有無大事，見少年依約歸來，面色頓鬆，趕忙將他引進了堂屋。

堂屋地上，屍身依舊用草席裹著，口罩、麻繩、炭盆、醋罐都在地上擺著，盆裡炭火已盡。

「小子等著，我再去取些炭來，待會兒幫你將屍身綁在身上，你過了炭盆再走吧。唉！」守門人嘆了嘆，暮懷山一代江南老仵作，驗了一輩子的屍，替人洗了一輩子的冤，終究自己做了那冤死鬼。

老頭兒駝著背，搖頭晃腦地端著炭盆走遠，只留了少年一人在堂屋裡。

少年跪在屍前，背影比夜裡清晰，晨光裡卻折了那分筆直，生生彎了脊背。

守門人回來的時候，堂屋裡又沒了人，這回一起沒了的還有草席下的屍身。地上口罩、麻繩、醋罐，一物未少，卻多了件東西。

一只素布荷包。

守門老頭兒愣了愣，放下炭盆拾起荷包，入手只覺沉甸甸，打開一看，裡面一塊銀錠子，足有一百兩。

老頭兒望向已無人影的門口，這銀子……是給他的？

義莊守門，日子清閒，只銀錢比仵作還少，一年也就二兩。他駝背不能做力氣活計，也不計較在這兒給死人看門晦氣，不過是求個晚年有屋住有飯吃，凍餓不死。一百兩銀子足夠他在這義莊守半輩子的門，也足夠他回鄉置間田屋，晚年安度。

也不知這麼多銀子少年是從哪兒得來的，守門人只望著門口，忽覺霧色漸濃，糊了雙眼。

晨陽未起，霧重城深。

壽材街上，少年自霧色裡來，背上背一屍身，沒戴口罩，沒綁麻繩，只這麼背著，像人還活著。

少年彎著脊背，似負著千斤，不堪沉重，愈發顯得街空曠，人單薄。他行得緩，卻每一步都邁得穩穩當當。

走過半條街，他依舊在街上最大的那家掛著松墨匾額的壽材鋪門前停住，上前敲了門。

昨夜被人吵醒，今早又被吵醒，店夥計著實有些惱，門一開，還沒瞧見外頭是何人，便當先聞見一股臭氣！他拿袖一掩口鼻，連退幾步，抬眼瞧見昨夜的少年背上背著一人。那人軟塌塌低著頭，瞧不見模樣，只瞧見低垂在少年肩膀上的兩隻手黑紫發綠，散著陣陣臭氣。

死、死人？

店夥計悚然一驚，這店裡是做死人生意的，但真把個死人背來店裡的，還是頭一回遇見。他張嘴便要叫出聲來，一物忽然砸來他臉上！

他被砸倒在地，鼻血嗤嗤往下淌，那物落去地上，沉甸甸頗有分量。那是只荷包，汴河城大府上的小廝奴婢都瞧不上的素布荷包，打開一瞧，裡面卻有幾百兩銀錠子和兩張千兩銀票！

店夥計眼神發直，仰頭望向走進店裡的少年，一時忘了他背著個死人，那死人發著臭。

「昨夜說的梓木棺，我要了。」少年背著屍身，臉沉在屍身下的陰影裡，語音平緩，卻令人背後生涼：「兩千幾百兩？」

「兩、兩千五百兩……」店夥計驚得心頭發怵，哪敢報假？

「裡面是兩千八百兩，三百兩準備好壽衣鞋帽、冥燭紙錢，另雇吹打送喪的隊伍，再請個風水先生就近選處佳地。可夠？」

「夠、夠！」

「今日之內可能辦妥？」

「能……」

暮青不再說話，只走去店裡正中央擺放著的華雕大棺旁，將人往棺內放好，席地守在了棺前。

店小二知道，這是讓他立刻去辦的意思。他沒敢再開口，只覺得這少年太嚇人，不覺便依了他的吩咐，俐落地從地上爬起來，抹一把鼻血便去辦差了。

壽衣鞋帽、冥燭紙錢店裡就有，吹打送喪的人和風水先生他也熟悉，因此沒有用上一天，晌午前事情就都辦妥了。

風水先生在城外十里處選了個山頭，傍晚時分，靈棺便從壽材街上直接起喪了。

這等不從家中發喪的事以前少聞，但更令人沒有聽聞的是少年在起喪前又將人從棺材裡背了出來，只叫吹打送喪的人抬著空棺，自己背著屍身走在了隊伍的前頭。

暮青想起小時候，爹一人養育她，總有照看不周之處。有一年夏天，她中了暑熱，屋子裡悶，爹便背著她在院子裡溜達著走，一走便是半夜。從那以後，她一生病爹便喜歡背著她走，似乎走一走，病就走了。

後來她大了，終是女兒家，爹不便再背她。那時她便總想，待爹老了，不能再行路，她便背著他，為他代步。

沒想到，爹四十六歲，尚未年老，她便要背著他走。只是這一走，此生最後。

長街裡，少年身披白衣，負著屍身開路前行。街道兩旁，看熱鬧的百姓聽說背著的是死人都怕沾了晦氣，躲得遠遠的。只有幾個細心的人發現，送喪的隊伍從刺史府門前行過，繞了幾條街，最後自西門出了城。

壽材鋪就在西街，離西門極近，既然要從西門出城，為何要繞遠路？

沒人知道少年心中想著什麼。

吹打送喪的人也不知少年心裡在想什麼，買得起梓棺的人非富即貴，墓都修得頗為講究，哪個也得耗上個三、五月，修得大墓華碑方可安葬。少年卻一切從簡，到了城外十里的山頭，挖了坑，下了棺，填起一方小土包，立了塊石碑將人安葬後，也不用眾人哭墳，便讓人離開了。

新墳前，暮青未哭，亦無話，只是跪著，從天黑到天明，彷彿從前世到今生。

前世，她很早便不記得父母的模樣。他們在她太小的時候便離開了人世，童年對她來說是寄人籬下的生活，時常捧在手裡的殘羹冷飯。她從很小的時候就知道她的人生只剩下自己，所以拚命讀書，拚來了保送國外讀書的機會，拚來了錦繡前程，卻葬送於一場車禍。

今生，一縷幽魂寄在暮家，從此日子清貧，卻未吃過一餐冷飯。本以為親情厚重，父愛如山，此生總算有所依託，沒想到忽然之間，她又孤身一人了。

或許爹的死本就是她的錯。

爹雖領朝廷俸祿，但身在賤籍，衙門裡的衙役都瞧不上他，時常對他呼來喝去。那時爹的驗屍手法並不高明，大興尚有屠戶混混驗屍的舊律，入仵作一行的人少，談不上專業。大多數仵作各有自己的一套驗屍方法，有的並無求證驗實，許多存有錯處。

凡大辟，莫重於初情，初情莫重於檢驗。檢驗出錯，可想而知會誤多少人命。

不僅如此，古代辦案的原則是「贓狀露臉，理不可疑」，即重犯人的「口供」。

驗屍不完善，斷案重口供，可想而知冤案又有多少。

她心驚之餘，便暗中出力，引導糾正，一步步讓爹在江南仵作一行驗出了盛名。自從爹有了名氣，古水縣的案子樁樁件件破得漂亮，知縣升了官，新來的知縣指望著爹升官，衙門裡的人這才對爹換了一副笑臉。

她以為這是她對爹的報答，未曾想有一日，這盛名要了他的命……

暮青跪在墳前，山風摧了老樹新葉，落在肩頭，微顫。

夕陽換了月色，月色換了晨光，墳前跪著的人額頭磕了新泥，風裡嗚嗚作響，一拜，「爹，女兒不孝……」

「殺您的元凶，女兒定查出來！」再拜。

「待報了仇，女兒定回來將您的棺槨運回古水縣，與娘合葬。」三拜。

三拜過後，暮青起身，晨光灑在肩頭，落一片金輝。

這一日，大興元隆十八年，六月初四。

皇朝變遷的大幕，撕開了一角。

第三章

深夜驗屍

汴河城，東街。

清早晨霧初散，細雨洗了青石長街。刺史府後門，五、六個工匠被小廝領進了府。

刺史府要修後園子，聽聞刺史大人的老娘過些日子要來。

刺史陳有良是個孝子，老娘要來府中，便是捉襟見肘也要為老娘修修園子。

汴州乃大興南北運河的門戶重地，漕運養肥了官衙大大小小的官吏，刺史府本不該缺銀子，奈何陳有良是個清官。他在汴州任上五年，不見商家不收孝敬不吃同僚酒席，刺史府裡水清得都見了底兒。

朝廷昏庸，清流可貴。陳有良兩袖清風鐵面無私，頗得天下文人仰慕，在學子中有頗高的聲譽，百姓敬他為青天。

但青天雇工匠幹活也得給銀錢，刺史府的工錢給得低，少有人願意來，尋來尋去只尋了這五、六個工匠。

刺史府的後園子頗有秀麗乾坤，只是年久失修打理懶懶，青石小徑遍是青苔，假山底下叢生蒿草。小廝領著工匠們繞到一處掩映在海棠林中的閣樓，這時節，海棠花期已老，地上殘花遍落，燒紅染了碧湖清池。

「就這兒了。閣樓的漆要新刷過，房頂的瓦也要整一遍，院子裡的雜草也清了。前頭湖邊幾處山石鬆了，要重新栽牢靠，免得老夫人來了要賞湖光，踏鬆了腳。這些活計兩日做完，夜裡在府中小廝房裡有通鋪，自有人帶你們去。」小廝一番吩咐便讓去一邊，竟沒有走的意思，顯然要在這裡督工。

工匠們提著各自東西分工幹活，一個漢子低頭咕噥：「兩日的夥計，給一日的工錢，還好意思督工。」

另一人聽見道：「行了行了，你不也來了？」

「要不是刺史大人是咱汴州百姓頭頂上的青天，誰願意來？」

「那你還發牢騷！」

「我這不是瞧那小廝不順眼麼，瞧他那臉拉得老長，活像咱們才是欠錢的。」

兩人小聲嘀咕，一名少年提著漆桶走過，走到閣樓門前柱子下停住，低頭斂眸，默默幹活，眸底含盡嘲弄。

青天？

爹也說陳有良是青天，當年婉拒調來汴河城衙署，讓他愧疚多年。

那年，汴河城中發了連環人命大案，爹頭一回奉公文來汴河城驗屍，因表現甚佳得了陳有良的看重，並有意將他從古水縣調來汴河城奉職。爹卻不願離開古水縣，他說娘的墳在，每月初一十五都去灑掃祭拜，怕一走便不能常回，讓娘墳頭落了荒廢淒涼。

暮青知道，這只是其中一個原因。

爹是在為她著想。

到了汴河城，爹也還是仵作，脫不得賤籍，只俸祿高些。家中清貧，爹不是不想多些俸祿，只是心中操勞她將來的歸宿之事。她隨爹落在賤籍，娘是官奴，自小就被算命先生批做命硬，一個女孩子家在義莊整日擺弄死人屍骨，雖有陰司判官之名，到底不合婦人禮法。

汴河城官吏富商遍地，她這等出身這等傳聞，定難有人瞧上，也難有人敢娶。爹不願她給人做妾，他說娘當年寧嫁給他也不願給知縣做妾，她頗有娘的風骨，絕不叫她走娘不願走的路。

爹望她嫁個老實少年，城中誰家有不錯的少年郎，他早心中有數。去了汴河城，人生地不熟，怕看錯了人，誤了她終生。

爹是個憨厚漢子，老實話少，從不在她面前提婚事。那日她及笄，夜裡吃壽麵，爹提了幾句，她還沒表態，他先在燭光裡紅了臉。

記憶中爹如此滿面紅光的時候還有一回，那日他從汴河城驗屍回來，進門便說案子有了眉目，陳大人留他在府中用飯，賞了一桌酒菜。

汴州刺史，正四品，汴州最大的官兒，跟他一介無品級的縣衙仵作小吏同堂用飯，還不嫌棄他身上有股死人味兒。暮懷山回來家中，說起此事興奮了幾日，從此便對陳有良敬重更甚，對當年不識抬舉婉拒他提拔的事愧疚更重。

暮青從前也認為陳有良是清官，鐵面身正禮賢下士，如今她對此人持保留態度。

爹的死跟陳有良脫不開關係。

那晚在義莊，守門人說爹的屍身抬來時身上有股酒氣，猜測他是喝了毒酒死的。爹身分低微，縱是滅口，那狗皇帝也不會親自賜他毒酒，此事定是下面的人辦的。

最有可能辦這件差事的便是陳有良。

爹是仵作，略通毒理，那毒有股子苦杏仁味，氣味再淡，爹也應該能聞出來。仵作驗屍之時，屍身氣味是判斷死亡原因的不可忽略的一點，有經驗的仵作都有一隻靈敏的鼻子。爹沒聞出來，她只能推斷出一種可能，那就是賞他酒喝的是他敬重有加之人，他當時心情激動才無心察覺酒中異味。

推斷並不能定一個人的罪，暮青懂，所以她來了刺史府查證。

刺史府要請工匠修園子，因給的銀錢低沒人願來，正巧給了她混入府中的機會。

少年蹲在閣樓柱子下，默默幹活。

等著，入夜。

修園子的活兒一天幹不完，夜裡歇在小廝房裡的大通鋪上。

刺史府中管束嚴，傍晚吃過飯，天色一黑院子裡便落了鎖。幾個粗漢盤腿坐在鋪上聊著女人的渾話，暮青借解手出了門。

月色清冷，少年四下裡一掃，眸底雪色寒光洗過般，亮若星子。她傍晚入院時便掃過四下情況了，院牆不高，屋後有棵歪脖子樹，可藉著翻去牆外。

平日裡驗屍，多有走山路的時候，暮青體力不錯，上樹，翻牆，落地，一氣連貫，落地後幾步便避去了假山後。

想要知道毒酒是不是陳有良給爹喝的，她只需見他一面，當面一問。

這世間，沒人能在她面前說謊。爹若真是陳有良所害，她便宰了這狗官，覆了這沽名釣譽的青天！

暮青蹲了蹲身，隱在黑暗裡望著前面小徑，還是等。

刺史府太大了，她不識路，不知陳有良的居處在哪裡，只能等。等人經過，劫來一問便知。

這附近是下人房，沒多久果然有人自夜色裡上了小徑。那人手裡提著只食盒，蓮步輕移，步態柔美，是個丫鬟。

暮青曾聽爹說過，陳有良原配妻子早故，未曾續弦，也未納妾侍。他膝下只有一子，盛京松院裡讀書，不在汴河。因此這刺史府中需要伺候的主子只陳有良一人，這丫鬟夜裡提著食盒出來，應是送去陳有良那裡的。

沒想到正巧遇上個陳有良那裡辦差的，暮青當即打消了劫人的想法，只悄悄跟上。

六月夜裡，夏風涼爽，草木香混著脂粉香隨風淺淺飄來，令人有些微醺。

暮青忽覺腳下有些晃。

她心中一驚，眼前如漫了迷霧，恍惚裡見那丫鬟轉身，向她走來……

她只記得自己最後一縷意識——那脂粉香，有毒？

暮青醒來時，鼻腔裡隱約還殘留著那淺淡的脂粉香，身體卻已能動了。

依舊是夜裡，不知時辰，有月色自窗外灑進來，照在樹梢，落一地斑駁清冷。

暮青身處一間空屋，身下地板淡淡梨花降香，香氣裡有股子新漆味兒。

新漆？

暮青抬頭，望向頭頂，屋裡光線頗暗，月色照不見屋梁，只覺房梁深深頗為高闊。

閣樓？

新漆的閣樓，不就是今天做工的園子？

暮青不解自己為何被關來此處，但讓她更不解的是那丫鬟。她未學過跟蹤技巧，但有格鬥底子在，普通人想發現她也難。她剛跟上那丫鬟便中了毒，說明一跟上就被她察覺了。這女子身手應該不俗，且毒香混在脂粉香裡，借風勢將她毒倒，用毒手段頗為高明。

刺史府一介丫鬟竟是這等高手，這刺史府……有古怪！

暮青起身來，腿腳還有些軟，但不妨礙走路。她推了推房門，果然門外上了鎖，她又轉身來到窗前，剛要伸手去推，忽聽房門外啪嗒一聲！

暮青倏地回身，只見房門無聲掃開，月色燭地，夜風徐徐，有人自月色盡頭來。

月色空濛，海棠落了滿園，殘紅遍地。清風拂了那人華袖，華袖攏了月色，那人在月色裡，步步殘紅。

行至園裡，那人抬眼望向屋內。風打了海棠林，殘花落在肩頭，那人只在林中稍一駐足，便讓人忽生山間明月照海棠，不負明月花下人之感。

暮青站在屋中窗邊，袖口垂著，指間已藏起一片雪色，蓄勢待發。她不知道為何她落在對方手中，對方卻沒收走她身上的兵刃，或許是覺得她不足為懼？無論是何緣由，對她來說兵刃在手總比沒有多些機會。

念頭落，那人已在臺階上，背襯月色。

光線雖暗，暮青還是瞧清了那人的臉。那人臉上竟覆著半張面具，紫玉鎏金，玉帶楚腰，半張容顏，絕了人間色。

那人聲音比夜裡清風還懶，倚在門旁望著人，語氣更懶：「醒得倒早。」

暮青不言，她扮作工匠混入刺史府，如今失手被擒，在對方眼中應是刺客身分。但沒見過不把刺客關在牢裡，也不收了刺客身上兵刃的。此人不是刺史陳有良，陳有良不惑之年，眼前男子卻是青年，兩人年紀不符。

既如此，此人為何身在刺史府中？

她一個夜探刺史府的刺客，失手被擒，來見她的為何不是陳有良？此人知曉她被關在閣樓，還深夜獨自來見，說明他對刺史府中一切瞭若指掌——他和陳有良來往密切？

此人究竟是何身分？

暮青猜測著，袖中解剖刀已握緊。

門口，男子往她袖口瞧了眼，漫不經心，「那套小刀總共幾把？倒精緻鋒利。」

說話間，他指間一錯，月色裡顯出三把小刀，雪色映了暮青的眸，令她面色一變！

這三把刀，正是前夜她在巷子裡留下的那三把解剖刀！當時走得急，她沒來得及拿走，還以為找不回來了。這套刀共七把，是當年爹的一位鐵匠朋友幫忙打製的，順道做了副皮套綁在手臂上，內有簡易機關，形同袖箭，需要時一扣便能入手，防身頗好用。

但暮青沒答這些，她目光一寒，問：「前夜那人是你？」

這話問罷，她又覺得不像。雖然這人覆著面具，前夜那人蒙著面，兩人都瞧不見臉，但氣質差別甚大。於是她換了個推測：「前夜那人是你的人？」

「嗯。」步惜歡懶散嗯了聲，竟承認了，只是未抬眸，低頭把玩那三把刀，「本是叫妳回來問些話，妳倒險些把人廢了。」

「有事相問，為何不光明正大地現身？」暮青皺眉，面色覆了寒霜。她是從賭坊出來才遇到此人的，即是說，當時此人在賭坊裡，「你是公子魏？」

這人年紀與江湖傳聞裡公子魏的年紀相仿，魏家與江南士族門閥有著盤根錯節的交情，此人若是公子魏，倒能解釋他為何身在刺史府中。不過，刺史陳有良不與同僚和商家來往的傳聞就是在嘲弄世人了。

暮青嘲弄一哼，園子裡有風拂過，林深處一枝海棠樹梢忽然顫了顫。

步惜歡抬起眸來，目光清淡，「我武功沒他那麼差。」

那海棠樹梢又顫了顫。

暮青卻皺了皺眉，不是公子魏？那此人是何身分，那夜要見她和今晚夜深來見又是何目的？最要緊的，她夜探刺史府被擒，陳有良或者此人打算如何處置她？

「妳的功夫師從何人？」步惜歡定定望著暮青，總算問到了正題。

「顧霓裳。」暮青不想答，但身處的境地她很清楚。

用毒手段高明的丫鬟，深夜來見身分成疑的男子，始終未曾出現的刺史府主人——這刺史府似乎隱藏著一個巨大祕密，她不知此事陷入府中，對方既然此時不殺她，定是有事要問。她若不答，於她不利。

暮青自然也知道，她若答了，對方知道了想知道的，或許同樣會殺她。所以，她選擇說實話，有的時候愈是實話愈難讓人相信。顧霓裳不在大輿，無人能查得到她，對方若是在意她的身手，查不到人應該還會從她身上問，如此倒能拖延一些時機，為自己贏得逃出去的機會。

爹去了，她孤身一人並不怕死，但在查到害爹的元凶為爹報仇之前，她得留著自己的命。

暮青盯住步惜歡，他面上覆著面具，無法看見太多表情，只能瞧見他垂著眸似在思索，語氣有些興味索然：「女子？」

「是。」暮青答，卻皺了眉。這人不喜女子？

「妳在賭坊察人觀色的那些本事，也是她教的？」步惜歡倚著門，微微偏著頭，夜風拂得人有些懶，他有些倦，但那雙眸卻讓人想起夜深假寐的獵者，雖睏頓，仍懾人。

暮青一看那目光便知道，這才是此人真正在意的。

「不是。」她答，隨即便見男子挑起眉來，意味明顯，等她下文。

「威廉・巴薩教授。」她又答，這回果見男子劍眉抖了抖，似乎覺得這名字古怪。

這名字確實古怪，聽著不似關外五胡之人，倒似西洋人。《祖州十志》中記載：「西邊有海，無望無際，盡處有異人國，捲髮藍眼，皮色相異。」太祖時期時，曾有西海漁民出海時打撈到海上遇難的浮屍，金色捲髮，高鼻深目，漁民引以為妖怪，後水軍行船出海去瞧，遞了摺子奏報朝廷，才有人猜測是西洋人。但從那以後再未曾遇到過，天海深遠，行船難至，大興到不了那西海盡處，那盡處的人也難以過來。

步惜歡瞧著暮青，一個仵作之女，定未曾讀過皇家藏書，這頗似西洋人的名字想來也編不出來。那即是說……她真有此際遇？

「此人現在何處？」

「英國。」

那異人國的國名？

「你想知道的我都告訴你了，你打算如何處置我？」暮青開口問。

步惜歡正垂眸思索，聞言抬起眼來望住暮青，目光深沉莫測。這少女，此刻一身少年打扮，眉眼普通，氣質卻依舊清卓。她不怕他，他看得出來。身處困局，她從一開始的戒備到此時的配合，看著乖巧，實則心有算計，看著識時務，實則暫時蟄伏。

此等女子，若非有心軟的毛病，當真有成大器的潛質。

他該如何處置她呢……

步惜歡久不開口，只望著暮青，看似在思索，園子裡忽來一道黑影。

「主上。」那黑影不知從何處現身，落地時習慣性地落在月色照不到的黑暗裡，無聲。

步惜歡倚在門邊，任那黑影跪在屋前臺階下，抬頭對他悄聲說了幾個字。

那幾個字無聲，似以內力傳音入密，暮青聽不到，卻面色一變！只見步惜歡倏地回身，望住那黑衣人。

暮青在窗下目光微閃，忽然開口：「屍體在哪裡？帶我去看看！」

步惜歡轉身，夜風舒捲了華袖，那華袖卻翻飛起幾分凌厲。

黑衣人警備盯住暮青，這少女沒有內力，如何聽得見他的傳音入密？

「脣語。」暮青冷淡開口，抬腳便往屋外走。

步惜歡倚在門邊瞧她，黑衣人跪在臺階下不動。暮青走到園子裡，這才想起不識路，回身對步惜歡道：「你，帶路。」

黑衣人目光頓寒，跪著不動，卻已蓄勢待命。只要主子授意，他頃刻便叫這放肆的少女血濺當場！

步惜歡倚在門廊下，月色鍍了華袍，那華袖已隨風散了淩厲，懶散若雲，「刺史府有仵作。」

「刺史府的仵作驗屍不出錯就很難得了，你指望他幫你還原命案經過，推斷凶手特徵？」暮青冷哼一聲，輕嘲。

刺史府的仵作若有能耐，汴河城何需一發大案便差人去古水縣請爹來？但這句嘲諷暮青忍下了。她如今喬裝改扮，對方雖可能看穿了她是女子，但未必知道她的身分。爹的死與刺史陳有良有關，她今夜困在刺史府中，身分被識破許會生險。

「哦？」步惜歡挑了眉，偏著頭懶懶瞧她，「妳能？」

「如果我不能，天下無人能。」夜風低起，少年淡立，明明一副尋常眉眼，卻讓人忽然便覺得海棠林中生了翠竹，清卓滿園。

步惜歡瞧著，許久無話。半晌，脣角微揚，一笑。

這一笑，滿園花紅失色，唯剩那月色裡廊下一人，風醉了海棠，那人醉了夜風。

「好！」步惜歡踏下臺階，舉步行來，行過暮青身旁往園外走去，當真給她帶了路，「就瞧瞧妳的本事。」

夜已深，刺史府衙前院，一間公房燭火通明。

死的人是刺史府一個文書，夜裡在公房裡整理公文，小廝進去送茶時發現人死了。

暮青來到時未見到亂糟糟的情形，只見房門開著，門外站了四人。四個人，沒有一個是刺史府的公差。

一名執扇的錦袍公子最為惹眼，暮青覺得此人惹眼，並非因男子青衣玉面頗為俊秀，而是屋裡地上躺著死人，屋外風裡散著血氣，其餘三人皆肅目沉斂，唯獨他搖著白扇似觀一場風花雪月。

暮青皺起眉來，面上覆一層寒霜。一條人命逝了，不過一場戲，士族貴胄之心是這人間最鋒利的刀。

暮青眸底也含了風刀，懶得再看那公子，目光掠去他身後，見一名綠衣女子恭謹立著，風起處裙角輕拂，夜色裡似開了墨蓮，別有一番柔美。

暮青一驚，是她？

那用毒的女子！

這女子不是刺史府的丫鬟嗎？怎此時一副侍女打扮？

「公子。」這時，一人出聲，打斷了暮青的驚疑。

暮青循聲望去，見一清瘦的中年男子急步行來，目光複雜地瞧了她一眼，對步惜歡一禮，恭謹謙卑。

這人素衣素冠，苦面清瘦，頗有憂國憂民的文人氣，只一身常服，不辨身分。

「屋中如何？」步惜歡問。

「人死了。」那文人簡潔答了句，睇了眼暮青，略一思量，上前一步，斂眸低聲對步惜歡道：「公文未失。」

暮青聽不清楚，卻能瞧得清，只是此時心思不在這人的話上。此人為何看著她，目中有複雜神色？莫非認得她？

瞧此人年紀氣度，與爹平時所述頗似，難道……

暮青手中拳頭倏地握緊，指尖血液如生了寒冰，冰冷地刺著掌心，微痛。那人離她僅有三步之遙，她只要竄上前去，把刀架在他脖子上，便可問出他是不是陳有良，爹是不是被他毒死的。若是，她便宰了這沽名釣譽的青天，為爹報仇！

可是，暮青抬起眼來，目光從前方那用毒的女子和後面的黑衣人身上掃過，估量了劫持那人的可能性，垂了眸。

月色落在少年身上，照見單薄孤涼，見他忽然抬腳，走上了屋前臺階。事不可為，那便靜待，以尋時機。

「屍體是誰發現的？」暮青並未急著進門，只立在臺階上問。

那文人身後一名小廝站了出來，答話前與那文人目光對視了一番，得了首肯，這才答道：「小的是在送茶水時，發現王大人死在屋內的。」

「多久了？」

「不久，兩刻鐘前。」

「你發現後稟過何人，還有誰進過屋子？」

「小的稟過刺史大人，刺史大人命小的院中候著，除了小的，再無人進過屋子。」

無人知道暮青問這些話有何用意，魏卓之院中搖著扇子，滿眼興味。他還以為，問這些是捕快公差的事，仵作只負責驗屍。

仵作是只負責驗屍，但法醫不是。

仵作地位低賤，發了案子，勘察現場和尋證緝凶是捕快的事，仵作只充當驗屍官。即對屍身進行驗看，判明死亡原因和時間，推斷自殺或他殺，除此之外再無其他。

法醫的工作卻重得多，除了上述工作，還需推斷認定凶器、檢驗鑒定物證、分析犯罪手段和過程，利用醫學、解剖學、病理學、藥理學、毒物學、物證學，甚至是人類學、昆蟲學等一切科學理論和技術，為案件提供證據。

證據愈足，凶犯身分範圍的鎖定愈快愈準，辦案才不至於走彎路。

因此，仵作雖是法醫的雛形，其專業程度卻不可同日而語。

暮青問誰進過屋子是為了預估命案現場的破壞情況，為一會兒推論還原命案過程做準備。她並不奇怪除了小廝無人進過屋子，這些年她有意傳輸給爹保護現場的意識。爹常來汴河城驗屍，自然也習慣這樣要求，久而久之，刺史府遇到案子也就習慣了不讓閒雜人等進入。

刺史府害了爹，卻仍在按照他的要求辦案。

暮青轉身走進屋裡，挺直的背影，夜色裡無盡嘲諷。

屋裡布置簡單，只有一架堆放公文的書架、一張辦公的桌椅，角落處一張小憩的矮榻，矮榻後有窗，窗關著。死者倒在書架旁，頭東腳西，仰面朝上，上半身衣衫被血染盡，目測有頸部、前胸、腹部三處創口，現場有噴濺狀血跡，初步推測有打鬥痕跡。

掃過一眼屋子，現場的初情已在心中，暮青忽聽門口有腳步聲。她轉過身，見步惜歡走了上來，瞧那樣子欲進屋。

「站住！」暮青臉一沉，冷喝：「要看站門口，不得破壞現場！」

暮青心情不好，院中那文人很有可能是陳有良，離得這般近，她卻沒有劫持他的可能，還要耐心在此處驗屍，以待時機。這已耗光了她的耐性，她不想再分出任何耐性給任何人。

步惜歡被她冷不防地一喝，當真步子忽停，停在了門口。月色照見男子風華雍容的背影，華袍舒捲，捲盡春風秋月人間秀色，那維持著上臺階的姿勢卻添了幾分滑稽。

「站邊去！擋光！」少女一副少年郎打扮，冷著臉一甩袖子，那洗得發白的袖子卻比門口男子的如雲華袖舞起來還多幾分凌厲氣勢。

噗！

院子裡，魏卓之忽然開始笑。

黑衣人目光已寒，腰間長劍蓄勢欲出。

那文人複雜地望著暮青。

小廝張著嘴，嘴角抽搐。他沒看錯吧？主子被喝斥了？完了完了，會有人死得很慘。

暮青甩袖轉身，步惜歡望住她的背影，眸光沉沉懾人，瞧了她一會兒，卻沒說什麼，竟當真讓去了一邊。

暮青又轉回來，「三件東西，立刻備！外衣、口罩、手套。另外，我需要一人幫我做驗屍紀錄。」

外衣和手套都是驗屍時要穿的，雖是素布，防護效果很差，但好過不穿。

依暮青吩咐，三件東西片刻便送了來。

黑衣人搬了把椅子來，步惜歡在門口坐了，其餘人立在院中。

小廝拿了筆墨來，候在門口。

暮青穿戴好，院中便靜了。

月色燭火輝映，照見屋中少年，一身白衣，一具血屍。

暮青走去血屍旁，蹲下身略一丈量，開口：「驗！男屍，身長五尺六寸，中等胖瘦，身穿八品官袍，頭戴官帽，腳穿官靴。腰間一只荷包，內有紋銀二十兩，身上一張身分文牒，上書：『王文起，天啟二十七年生人，汴河永壽縣人』，得其年齡四十五歲。」

「屍身呈仰臥位，頭東腳西，頭朝書架腳向房門，右臂半舉，手呈爪形，局部屍體痙攣，目望書架右上方。現場有噴濺血跡，有打鬥痕跡。」

「屍身下頷關節開始至上肢已現屍僵，未見角膜混濁，初斷死亡時間為一至三個時辰。」

屋內外安靜得只聞少年聲音，來汴河城前薰啞的嗓子經過幾日，夜裡已聞清音。

小廝在門外奮筆疾書，聽見最後一句，愣愣抬眼。

一至三個時辰？這時辰不對！

步惜歡坐在門外廊下，手中已端了熱茶，茶香濃郁淡了血氣，茶霧嫋嫋薰了男子眉眼，懶態更勝，聲音卻微涼：「刺史府公房裡當差的，每個時辰一壺熱茶兩盤點心，三個時辰都該用膳了。」

言下之意，人不可能死了那麼久。

「我說初斷。」暮青蹲在地上，燭光裡嬌小一團，眸光卻比站著盯人更厲，「這兩個字跟你有仇嗎？你要這樣無視它們。」

步惜歡從茶盞裡抬眼，定定瞧了暮青一會兒，「我跟你有仇嗎？」

「你少打斷我，我就跟你沒仇。」暮青皺眉，話雖擠兌，卻還是接了他的話：「你說刺史府每個時辰都有人送茶點，你怎敢保證沒人偷懶？」

步惜歡聞言瞧向小廝，小廝一個哆嗦，趕緊道：「主子，屬下可沒偷懶，前個時辰去王大人還好好的，一個時辰後再去換茶水，人就死了。」

步惜歡看向暮青，暮青蹲在地上，厲眸改去盯那小廝，「我憑什麼相信你沒說謊？」

「我！」小廝一噎，大感冤枉。

「人是會說謊的，屍體不會。他是何時死的，他會自己告訴我。」暮青說罷，已低頭再驗了。

自、自己？

小廝古怪地瞧一眼屋裡，想像著那血屍靜靜躺著，忽然自己開口說他是何時死的，不由覺得夜有些涼。

但這涼氣還沒走完全身，他便開始覺得臉上發熱。

步惜歡抬眼，茶霧遮了眉眼，一時瞧不清眸底神色。

只見屋裡，暮青將血屍的衣衫鞋帽一件件除下放在一邊，她做事工謹，那些衣衫早被血染透，她卻件件都鋪放好，從頭到腳依次來，待屍身上只剩一條褻褲，暮青又動手去除那條褻褲。

院子裡忽然無聲，瞪眼的瞪眼，似不敢相信眼前所見。待血屍毫無遮蔽地橫陳在屋中，一時無人去注意屍身上觸目的傷勢，只被那一處扎了眼。

「咳！」魏卓之飄來廊下，不敢擋屋中的光亮，他自覺閃去一旁，只指指那處，表情十分豐富，「那裡……咳！要不要找件衣裳蓋一蓋？」

那裡又沒傷著，露出來多不雅。

「你沒長？」暮青皺眉抬眼，一句話問得廊下玉面公子臉色憋紅，這才冷道：「那你還怕看！」

「我！」算了，他還是閉嘴吧！這姑娘的嘴，比步惜歡還毒，果真是人外有人。

「再驗！」暮青已接著開始驗，她將屍身翻了過來，看過後皺眉，「屍身已現屍斑，顏色呈暗紫紅，周圍可見斑點狀出血，分布於枕部、鎖骨上部，尚未處於擴散期，推斷為急死。」

暮青又將屍身重新翻過來，看了看屋裡的血跡，下了結論：「結合屍僵和屋內打鬥痕跡，推斷死亡時間精確至兩刻鐘至半個時辰！」

初斷還是一至三個時辰，再斷已斷為兩刻鐘至半個時辰了？

小廝邊奮筆疾書邊有些心驚，這個時辰與他發現屍身的時辰倒是相符，只是若真是兩刻鐘，豈非說明他發現屍身時人剛死？

人剛死就表明凶手剛走，這凶手差一點被他碰上！

「時辰提前得倒多，憑何推斷的？」步惜歡懶懶放下茶盞，茶已有些涼，黑衣人接過，轉身去換熱的來。

暮青就知道這男子不可能不問，她一個夜探刺史府的刺客自薦來當仵作，此人不問明白沒道理信她。這男子身分非同尋常，那看似刺史陳有良的文人和那華衣公子都站在院中，唯獨他坐著，可見身分尊貴。

今夜院中四人，連那小廝都有雙重身分，剛才她聽見他叫這男子為主上，顯然不是普通小廝。

即是說，今夜院中的人都是這男子的人，唯獨她不是。

今夜刺史府死了人，沒有公差仵作前來，一路從後院行來，整個刺史府都靜悄悄的，可見此事並未聲張。未聲張說明死者的死關係重大，凶手是誰對這男子來說很重要，而緝凶的關鍵在於她，她說謊或者驗看出錯都對他影響很大。所以，他需要根據她的解釋來衡量要不要信她。

暮青垂眸，燭光裡眼底落一片剪影。正巧，她也想取信於他，信任會使人放鬆戒備，她需要的就是這個時機！

「屍斑，就是人死後皮膚上出現的這些斑塊。」暮青懶得再將屍體翻過來，為了省力氣，她只指了指鎖骨那一塊，「這些斑塊的形成是由於人死後血液停止流動，在血管內堆積形成的，堆積時間愈久，顏色愈深。其形成、擴散到固定都需要時間，因此可以用來推斷死亡時間。」

暮青盡量解釋得簡單點兒：「死者的屍斑顏色為暗紫紅，顏色極深，死亡時間應該很久。可是他的屍斑卻僅僅分布在枕部、鎖骨一帶，剛剛形成，與屍斑顏色不符。因此推斷為急死，只有死亡時間在短瞬間，血液才會呈暗紅色，屍斑顏色才深且出現速度快。最快的兩刻鐘就會出現！」

「人死後，屍身不會立刻出現僵硬，而是會首先變軟，維持時間大多在半到一個時辰。但有一種情況例外，那便是死前劇烈運動過的，比如說打鬥。這種情況，屍僵最快一盞茶的工夫就會出現。死者下頷和上肢部位已現屍僵，時間大概需要半個時辰。因此死者的死亡時間可以推斷為兩刻鐘到半個時辰，不會超過這個時間。」

解釋完畢，院內無聲。

魏卓之合起扇子點點腦門，是他變笨了嗎？怎麼聽得暈暈乎乎的。

步惜歡融在椅子裡，支著下頷深瞧暮青，也不知聽懂了沒。黑衣人回來，端了熱茶侍奉上，他接了茶便低頭喝茶。

暮青一瞧，轉身繼續——

「屍身三處創口，左頸、右胸、右腹，創角皆一頓一銳，創口長約一寸，推斷凶器為寬約一寸的短刀，致死傷為左頸這一刀。」暮青邊說邊丈量，手在那些翻出來的皮肉上比劃過，那些淡黃的油脂和紅白皮肉刺著人的眼，叫人目光移轉不開。

暮青的手指卻忽然在血屍的大腿上停住，盯住細瞧。

「咳！」魏卓之又忍不住咳了一聲，步惜歡的唇角古怪地動了動。

那即便是死人，也是個男人，這姑娘的手就這麼毫不避諱地放在大腿上，還臉不紅氣不喘瞧得仔細……他開始懷疑，她是不是姑娘家。

暮青卻像沒聽見屋外聲音，將那血屍的手腳都看了一遍，又動手將其翻了過來，細細瞧了瞧臀部。

「咳咳！」魏卓之又開始咳，步惜歡低頭喝茶，茶霧月色裡蒸著紫玉鎏金面具，綠的紫的，分外精采好看。

暮青卻開始冷笑。

步惜歡從茶盞中抬眼，只見暮青面露嘲諷。

「這刺史府裡，用毒高手可真不少！」

步惜歡眸一沉，挑眉。

「這人有三氧化二砷慢性中毒的徵象。」

「何物？」

「砒霜！」

樹梢下月影斑駁，夜風過處，枝葉颯颯作響，襯得院中更靜。

有前頭初斷死亡時間的教訓，這回沒人忽略慢性兩個字。

暮青轉頭看向屋外小廝道：「繼續驗！」

小廝一愣，趕緊蘸墨。

「死者膚色發黃，軀幹、大腿上部和臀部可見雨點狀斑塊，驗為色素沉著。」

「死者為文人，未習武，手掌和足底角化層厚度呈現異常，驗為皮膚角化過度。」

「死者手掌外緣和手指根部見角樣和穀粒狀隆起，驗為砒疔。」

「結合上述三種徵象，驗為慢性砒霜中毒！」

寂靜裡，只聞暮青乾脆俐落的驗屍診斷，小廝筆下疾走，面色發苦。他是私塾書院裡讀過書的，只未看過醫書，今晚的屍單或許該找個郎中來寫！

步惜歡坐在廊下，青瓷茶盞月色裡泛著冷輝，映得眉宇淺涼。

魏卓之搖扇，扇面一枝雪色木蘭，夜裡開得幽涼沉靜，點了男子鳳目寒涼如水。

慢性中毒，這等婦人後院爭鬥的伎倆竟用在了刺史府裡。下毒之人必常接觸王文起，若是他自己府上的親眷下人也倒罷了，若此人在刺史府裡……

魏卓之望向步惜歡，暮青將兩人神色看在眼裡，冷嘲一哼。

若下毒的人在刺史府裡，這刺史府的用毒高手也就太多了些。爹是被毒害的，那丫鬟會用毒，如今又多了個中毒的刺史府文書。

這文書許也是這男子的人，不然犯不著為了個文書封鎖案情，深夜坐在院中吹涼風看她驗屍。這些士族貴胄向來視屍身晦氣，在古水縣驗屍時，那些捕快都不願沾惹屍身，大多時候將屍身抬去義莊便急急忙忙跨了炭盆離開，只等驗看完畢拿了屍單，按屍單上所錄查案緝凶。男子坐在這裡看她驗屍，除了不信任她之外，死者對他來說應該很重要。

若下毒之人是出於與死者的私怨還好些，若是出於別的目的，許對他不利。

「可能推斷中毒時日？」步惜歡抬眸望向暮青。

「不能。」暮青蹲在地上，攤手，否定得乾脆，「用毒量未知。」

此處缺乏精密儀器，不能解剖屍體，取臟器切片化驗毒物沉積量。即便有儀器，解剖在這個時代也是驚世駭俗、不為律法民風所容之事。

步惜歡望著她，見她蹲在地上，燭光暖紅，那雙不起眼的眸卻清冷澄澈。他總覺得，她有辦法。

男子目光漸深，那眸底的懶意如冬日裡初融的風雪，涼入人心，「我記得，妳懂得察人觀色。」

暮青抬頭與步惜歡對望，眸底深色漫了清冷，同樣直抵人心。

沒錯，她有辦法。

只要將死者的親眷朋友、府中下人和刺史府能接觸他的所有人都帶到她面前，她通過微表情便能鎖定嫌疑人。但微表情在這個時代是新奇事物，無論哪個時代都有迂腐不化墨守成規之人，就像古水知縣。她曾試著提起，希望能藉此快速鎖定嫌犯，提高辦案效率，卻被斥為胡言亂語。從那以後她便再未對人提起過，未曾想那晚賭坊一言，竟能入了有心人的耳。

這男子僅憑那晚賭局便看出了微表情的妙處，今夜還能想到以此法追查下毒之人，接受新事物之快、舉一反三之能，實令她刮目相看。

開明、識人善用，明主之相。

雖不知這男子身分，但院中幾人倒沒跟錯主子。

「可以是可以，但得等早上。」暮青起身，看了眼屋裡，「眼下不能確定下毒者與殺人者是同一人，所以殺人凶手的線索還是要查。現場愈早勘查找到的線索愈多，其他任何事都要延後。」

步惜歡瞧了她一會兒，將茶盞一遞，黑衣人接了，他便懶支下頷望向屋裡，不說話了。

意思很明瞭，繼續。

暮青在屋裡走了一圈，也不知瞧什麼，瞧罷才道：「現場沒怎麼被破壞，血跡指向還算明顯，屋正中書桌前一道噴濺狀血跡，凶手應該是在此處下的第一刀，隨後有滴狀血跡一路指向門口。」

暮青隨著那血跡步向門口，她低頭瞧得仔細，似要將那些血跡研究出個花樣來，燭光映著側臉，明明滅滅。

步惜歡眼皮懶散垂著，夜風裡似睡著般，眸底的光卻比月色華亮，「血跡？」

暮青被打斷，抬眼間有厲色一刺。步惜歡挑眉，很神奇讀懂了，他又在不該打斷她的時候打斷她了。

果然，暮青不發一言起身，大步出門。從小廝手上拿過張白紙，毛筆蘸足了墨便往上滴，「這是滴狀血跡，形狀大小不同表示滴落高度和方向的不同。」

月色裡，一滴墨點暈開在紙上，不是血跡，卻極其形象。

「三寸。」暮青將筆懸在紙上三寸，「血滴邊緣呈完整的圓狀。」

「十五寸。」暮青將胳膊抬高，「邊緣明顯鋸齒狀！」

「三十寸。」暮青索性將紙放在地上，「邊緣不僅有鋸齒狀，圓點周圍還有許多小圓點。」

墨汁啪地滴下，砸碎夜色，也碎了男子眸底如月華光。

步惜歡微微坐直了身，瞧著那紙上漸漸暈開的墨色，眸中懶意漸去。

暮青提筆回身，袖子凌厲一掃，刷一筆墨跡掃向身後長廊。

魏卓之蹭地跳開，若非他輕功了得，當真能被掃一身墨點子。

他抽著嘴角望向暮青，這姑娘看他不順眼吧？

暮青抬手一指長廊裡的一排墨跡，「噴濺狀血跡，現有條件無法模擬，那是動脈血管破裂、血液噴射而出形成的血跡。這是拋甩狀血跡，意會！」

言罷，她轉身進門，蹲去地上，繼續研究門口血跡。

這回，沒人打斷她了。

看了一會兒，暮青起身，「滴狀血跡指向門口，說明死者身中一刀未死，欲奔出房門求救。這一刀應該是刺在腹部的，腹部主要臟器少，不容易致死。死者跑到門口，在此處被凶手拖了一下，摔倒在地。」

她一指門口一片從地上擦過的血跡，順著指向書架，「死者摔倒在書架處，頭向書架腳朝房門，這與驗屍時一致。凶手在此處蹲下身往死者胸口補了一刀。刀帶出血跡，灑在牆上。」

眾人抬頭，果見牆上有一道拋甩狀的血跡！

「凶手這一刀必定是刺在胸口的，因為頸上一刀是致命的，如果此時凶手在死者頸部劃了一刀，他沒有必要再補一刀。刺在胸口後，凶手以為死者死了，起身欲走，結果死者伸出手想要抓他。」暮青看了眼血屍半舉的右手，又一指頸旁一攤血泊旁的噴濺狀血跡，「凶手又在這裡蹲下身，在死者頸部劃了一刀。隨後提刀起身，刀上血滴落在地上，指向……」

暮青順著血泊旁一溜兒血滴回頭，望向書桌，起身走了過去，目光往書桌上一落，眼神一變。

步惜歡目光漸深。

書房裡最重要的便是書架和書桌，凶手到過書桌！

「公文未失？」暮青轉頭望向院中，目光落在那文人身上，敲了敲桌面。

那聲響，夜裡令人背後發毛。

「這裡有件東西被人拿走了。」

話音落，步惜歡忽然起身，走進了屋內。

暮青沒阻止，這個需要他親眼看一看。

那文人也急急忙忙來了廊下，但沒進屋，與魏卓之一起在門外等。

步惜歡來到暮青身旁，垂眸瞧她，暮青敲敲桌子，示意他看，「這裡血跡有阻斷。」

只見書桌筆墨旁一片細密血跡，瞧著應是死者頸部被劃破時噴過來的，只是這血跡看起來有些怪，中間有一塊空了。

「這裡原本放了件東西，血噴灑在桌上，凶手拿走了這件東西才會留下底下的血跡空白。這空白的形狀……」暮青伸出手來，在上面比劃了一個長方形，「應該是張紙。」

紙。

紙上能寫的東西多了，也許是公文，也許是信件，也許是別的。這張紙上的內容如果沒用，凶手不可能拿走，一定寫了很重要的東西！

那文人曾說公文未丟，即是說桌上寫著的不是公文，那麼死者當時是在寫信？如果是，除了信上內容，還有個同樣重要的疑問——信是寫給誰的？

暮青瞧了步惜歡一眼，男子低頭瞧著桌上空白處，燭影搖曳，冷了半張紫玉鎏金面具。

顯然，這封重要的信，內容他不知道，說明這封信是背著他寫的。

背著他……這可真值得深思。

今晚這案子本就有值得深思之處，人死的時間太巧，正好是這男子去刺史府後院閣樓的時候，好像凶手知道他不在，趁機下手似的。

暮青垂眸，她這麼推測的話，刺史府少說有三方勢力存在！且凶手是刺史府的人的可能性很大！

如果凶手真在刺史府裡，暮青就又有疑問了，她想不通凶手的殺人動機。她身旁這男子身分神祕，凶手連他的動向都清楚，不可能不知道哪個時辰公房裡有人辦差。他挑著有人辦差的時候去，肯定不是去偷公文被死者發現才殺人滅口，那麼他是看見了死者桌上寫著的東西，臨時起意？這也有些說不通。若他覺得此物重要，事後偷取比當面明搶風險小得多！殺人是風險最高的，他為何要選擇風險最高的辦法？

暮青心中存疑，也知道這些都是她的推測，沒有證據一切推測都不能成為定論。但辦案就是大膽推測小心求證的過程，現在她推測了，就剩下求證了。

「凶手殺了人拿了東西，定是要趕緊離開的。他提著刀，從書桌前走過。」暮青望著地上一溜兒血珠兒，血跡一端呈星芒狀，指向屋裡一張矮榻。暮青望向那張矮榻，目光定在了榻後的窗上。

窗緊閉著，樹影映在窗上，搖曳如鬼爪，似將一個巨大的祕密關在了窗外。

暮青走過去，推開了窗。

夜風從窗外灌進來，步惜歡走到她身旁，風捲了衣袍，拂散屋中血氣，帶幾分清新淡雅。大興士族男子多喜薰香，他衣物上卻未聞見濃郁靡香，只聞見清新之氣，讓人想起雨後林中醉人的草葉香，頗為醒神。

暮青頭腦不覺又清明了幾分，與步惜歡一同望向窗外。

窗外一條石徑，後面一處小池。月色照著池水，粼粼波光映著窗後兩人的臉，陰晴交替。

兩人的目光落在石徑上，石徑上沒了血跡，看不出凶手是從哪邊離開的。線索，似乎斷了……

「有線索！」暮青忽然開口，轉身往屋外走去。

眾人隨她一起轉去窗後小徑，遠遠的，暮青便比了個手勢，示意所有人停下不得靠近，自己獨自上了小徑，在窗戶附近蹲下了身子。這回不知她又在看什麼，只見明月在路盡頭，少年在路中，夜色生了孤涼。

半晌，暮青對著石徑上兩塊鵝卵石縫隙哼了哼，轉頭看向遠處眾人，指了指自己的發現，「凶手刀上沾著血，從後窗出來，路上沒道理一滴血跡都不見。

沒有說明他擦拭過了，這裡石縫裡有血跡。」

眾人面上各有陰晴，那文人遠遠道：「難不成要把石縫都看過，找出血跡來推斷凶手從哪邊走的？」

那文人自從暮青驗屍開始便沒開過口，這一開口，暮青頓時冷了眼，「要看你看，我不看！眼疼！」

那人一噎，面色有些漲紅。他也知此法並沒多少用處，即便看出凶手從哪邊離開的又如何？那既然知道擦拭血跡，就不會笨到一路留下血跡讓人追蹤到落腳點的。終歸便是再找出些血跡，頂多只能提供凶手離開的方向而已，凶手是誰還是沒有線索。

「他是拿什麼擦的血跡？」暮青忽然開口。

文人一愣，暮青哼了哼，「現場有噴濺血，他殺人的時候不可能避得乾乾淨淨，身上一定沾了血！他懂得擦拭地上血跡，難道會笨得穿著血衣提著血刀在刺史府裡招搖過路？」

步惜歡望向石徑旁的池子，池面夜風裡幽幽漣漪，男子的眸也有些幽暗，暮青瞧見點了頭。

「沒錯！血衣他是不會穿著到處走的，一定會就近拋棄，那處池子是很好的拋衣處，擦拭地上血跡的應該就是他身上的血衣。」暮青說話間起身，走去石徑邊，在池邊的草地上目光一掃，朝眾人一招手。

眾人急步過來，順著暮青所指望去，只見草地幾處踩踏跡象，不遠處池邊一塊露出來的泥地上，有只泥腳印在月色裡靜靜落著。前兩日下過雨，那腳印頗為清晰，順著腳印能看到草地又被踩踏了幾處，在重新走上石徑時凶手在草地上特意蹭了蹭鞋底的泥。儘管如此，他走上石徑時還是落了些泥在上頭。

凶手從哪裡離開的，已經明瞭了。

暮青遠遠望著那些泥跡，目光在粼粼波光裡有些幽暗不明，轉頭對小廝道：「你順著往那邊瞧瞧，看看能跟到哪裡。」

小廝聞言愣住，從驗屍開始，這些事都是她在做的，她生怕他們破壞現場痕跡，怎麼這次肯相信他，讓他去瞧了？

「你以為凶手會真的讓你跟著他的腳印找到他？他是連幾滴血都會擦拭的人，這些散亂的泥跡怎知不是障眼法？鞋底他已在草地上擦過了，不太可能一路都留下泥。如果一路都有泥跡讓你跟，很可能是障眼法。如果半路斷了，你瞧瞧斷在哪裡，回來報！」暮青說完，看向池邊那只腳印道：「去的時候小心別踩了那些泥跡，我回頭還要去看，但現在我有更要緊的事做——這只腳印需要提取。」

「提取？」步惜歡低頭看向暮青。

暮青點頭，「人走路各有習慣，受身體結構、胖瘦和職業特性的影響，每個人走路的步幅、步法都是不同的，形成的腳印也不同。腳印的提取有助於推斷凶手的走路習慣和職業特性，日後找到嫌犯，也可以提取他的腳印進行比對。」

「如何提取？」

「石灰粉，水！」

步惜歡緩緩點頭，瞧了眼黑衣人。黑衣人會意，躬身便要去拿。

「讓她去。」暮青轉頭看了眼魏卓之身後那綠衣侍女，對黑衣人道：「我需要你下水把凶手丟棄的血衣撈上來，水底也許還有凶器。從衣物和凶器上可能會找到凶手更多的線索。」

黑衣人已見識過暮青的推理能力，雖覺她說得有道理，卻站著不動，目光如劍。

為什麼非得要他下水？

暮青一看他的眼便讀懂了他在想什麼，冷眼挑眉，「你成親了嗎？」

黑衣人一愣，被這話問得莫名其妙。

暮青一眼便得了答案，點頭道：「我也覺得你沒成親。不懂憐香惜玉，不討喜。」

黑衣人臉一黑，握拳，忍了又忍！到底誰不討喜？

「大半夜的，你打算讓個姑娘潛水找凶器？好吧，如果她願意下水，我也沒意見。」暮青冷淡立在一邊。

黑衣人咬了咬牙，看向步惜歡，見他點了頭便恭敬退下，縱身一躍撲通一聲入了水。

岸上，綠蘿深看了暮青一眼，神色有些複雜，福身對魏卓之道：「公子，奴婢去拿姑娘要的東西。」

「再拿只水瓢和一副乾爽的手套來。」暮青吩咐。

綠蘿又複雜地看了她一眼，轉身去了。小廝在她走後也按暮青吩咐尋那腳印去了，小徑上只剩下步惜歡、魏卓之、那文人和暮青四人。

片刻後，一盆水、一盆石灰粉、一只水瓢和一副手套放在了暮青面前。黑衣人尚在上上下下地潛水，小廝尚未回來，暮青蹲下身子，動作俐落地舀起一瓢石灰粉。

頭頂四道目光瞧著她，等著看她如何提取足跡。

暮青忽然一抬手！

夜暮裡潑開白霧，四人猝不及防，步惜歡、魏卓之和綠蘿身懷武藝，一同足尖點地，齊刷刷後退時抬袖一擋！暮青抬手掀翻了面前的水盆！水潑喇喇灑出去，濺溼了三人衣袖，袖上石灰粉遇水，嗤地冒了熱氣！

暮青身後忽然傳來風聲！她回身，黑衣人見岸上生變，從池中竄了出，手中長劍月色下泛著寒光！

暮青眸中也含著寒光，抬手將地上一盆石灰粉都朝黑衣人灑去！黑衣人一驚，急躲間腳下踏空一步，撲通一聲砸進水裡，水裡頓時咕嘟咕嘟冒了熱泡。

石徑上又忽有風來。

暮青目光一閃，也不看是誰，回身抓過一人，袖口寒光閃過，指間一把薄刀夜色裡森涼，逼落在了那人的頸動脈上，「都別動！」

步惜歡停住，見暮青避在那文人身後，露出半張臉，夜色裡冷嘲。

聽她道：「剛才沒條件模擬噴濺血，現在有條件了，想看嗎？」

夜色更深，明月照人。

月色在石徑盡頭，男子在月色當中。夜風起，遠一看，月色落了華袖，有些美。細一看，華袖透了月色，有些碎。

步惜歡遠遠立著，如雲華袖被石灰粉燒出了大大小小的洞，月色透來，有些滑稽。他定定望著暮青，眸光比夜色幽沉。

好！好！他真是小瞧了她。

暮青避在那文人身後，刀逼在他頸旁，手有些顫。

她得手了，終於！

今夜她夜探刺史府，不慎中毒被擒身陷困局，恰逢刺史府出了人命案，她便藉機自薦，希望能找到脫身的機會。只是沒想到會見到這疑似陳有良的文人，當時在院中她便想劫人，奈何身邊有四個高手在，那綠衣女子還會用毒，十分棘手。她自知無法以一敵四，在四人眼前劫了那文人，便只好驗屍查凶，假意順從，以待時機。

皇天不負，這機會終於被她等來了！

方才，她說要提取足跡，要石灰粉和水。其實提取足跡該用的是石膏，不是石灰，她說了謊。

石膏遇水結晶才能提取到足跡，石灰遇水有的只是極強的腐蝕性。

她要石灰，為的就是當作暗器突然發難，劫持這文人。

不出她所料，她前頭驗屍查凶，已經讓這男子認同並產生了一時的信任。她差遣那小廝追查泥跡，推斷並無敷衍，所以小廝依言去了。她差遣那黑衣人下水撈血衣和凶器，關於血衣和凶器的推斷也屬實，所以黑衣人下水了。她讓那綠衣女子去拿石灰，石灰是騙人的，但大家都相信她了，所以她的時機來了。

其實她原是想讓那女子下水的，她擅用毒，留在岸上對她來說威脅甚高，但讓一女子在男子面前溼著衣衫潛水，估計不會被同意。所以她只好把黑衣人哄下水，能少一個威脅是一個。

還好，她剛才出手的時候還算順利。

那面具男子、青衣公子和綠衣女子都身懷武藝，猝然被她襲擊，三人退得極快，只剩下不會武藝的文人呆愣在一邊，順利落在了她手中！

「陳有良，陳大人！嗯？」暮青在那文人身後，聲音森涼。

那文人只覺頸旁涼意嚇人，卻未露出驚懼神色，只目光複雜地嘆了嘆，道：「沒錯，是本官。」

暮青一瞇眼，握刀的手緊了緊，指甲刺痛手心，她費了極大的冷靜才沒讓自己直接用刀劃了這人的脖子！如今還不能確認爹的死與陳有良有關，所以她不能濫殺。況且，她此刻仍在刺史府中，想出府還得靠他。眼下群敵環伺，她不能分心在此處問陳有良，只能把他帶出刺史府再說。

「我是誰，想必陳大人已瞧出來了，不用我自報家門了吧？」

「妳是暮懷山的女兒。」

暮青哼了哼，果然已經瞧出來了。當她看見這文人的時候就知道，如果他是陳有良，她一驗屍他必定能看穿她的身分。不過那時已無所謂，她已不怕被看穿身分。這案子對他們很重要，她對他們有用，身分暴露了也暫時不會有險。

「妳劫持本官是想替妳爹報仇？」陳有良忽然開口問道，夜風裡語氣似嘆息，似悵然：「本官無殺妳爹之心，但到底妳爹是因本官而死。」

暮青愣住，什麼叫因他而死？

但就是這一分心的工夫，身後忽來一道青影！暮青背對池面，未見那影子，只聞見淡淡木蘭香。那香氣並不濃郁，奈何暮青嗅覺靈敏，她以前在國外時專門修習過一門課程，教授將他們帶到解剖室中，蒙上眼睛，讓他們僅憑氣味辨別那些剛死不久的屍身上有無異常，因此暮青對氣味異常敏感，她聞見那木蘭香的一瞬，帶著陳有良往石徑旁的假山旁一避，藉著山石和人質將自己護在了當中！

「再妄動，擒下我之前，我定能叫這狗官命喪當場！」暮青冷喝一聲，頭頂飛過一道青影。

魏卓之落在遠處，與步惜歡一人一邊堵了石徑的道路，眸裡含著驚奇。他剛才受到攻擊後，輕功退走，繞了大半圈繞去那池子後方不過片刻工夫，他的輕功向來都是來去無聲，這姑娘竟能發現得及時！

暮青掃了魏卓之一眼，又看向身前的陳有良，冷笑：「刺史大人好算計！」故意把話說得不清不楚，引她猜測分心？

陳有良一嘆，暮青看不見他的表情，聽他的語氣卻頗惆悵：「妳爹……」

「閉嘴！」暮青斷喝，她不是不想聽，而是不能現在聽，分心的後果便是今夜她所做的一切都白費。她轉頭，冷眼看向魏卓之，「叫你的侍女出來！不想讓這狗官死，就讓她別耍花樣！」

「妳說月影不懂憐香惜玉，我還以為妳懂。妳剛才把大半的石灰粉都撒在了綠蘿身上，將她的衣裙燒得快爛了，我要她換件衣裙再過來。」

月影指的是那黑衣人，綠蘿說的應該就是那綠衣侍女了。

暮青盯緊魏卓之的表情，見他雙肩一抖，扇面攤開，那肢體語言竟顯示出他說的是實話！沒錯，剛才動手時她因忌憚綠蘿的毒，那石灰粉是大部分朝她招呼了去，當時只是想拖住她一時，好讓她順利劫住陳有良，未曾想能困她到現在。但想到綠蘿還會回來，暮青便手下一使力，逼緊陳有良的脖頸，冷道：「刺史大人，帶個路吧！」

陳有良不言，只目光一轉，望向步惜歡。

「退後，不得上前，不得跟來，不得妄動。」暮青避在陳有良身後，左右掃視步惜歡和魏卓之，夜色深深，路盡頭漸起薄霧，少年半躬著身，僅露半張臉，月下目如霜雪，身影蓄勢如豹。她抬眸望了眼陳有良，吩咐同樣簡潔：「出府，不得說話，不得遲疑，不得繞遠。現在起，按吩咐做，錯一次，脖子上開一寸！」

言罷，暮青一抵陳有良腰口，示意他走。

陳有良嘆了一聲，邁開腳步，走上石徑。

他往步惜歡的方向行去，步惜歡在路盡頭，沒動。

暮青劫持著陳有良，在他十步外停住。

夜風西捲，男子精緻的面具上落了霜白，燒破的華袖碎了月色，投落徑旁樹梢，若開了萬樹雪梨花。

月色斜照，少年在人後露出半張面容，亦覆了霜雪。長影落在石徑後，夜風捲不動，堅毅如石。

兩人相望，中間隔著人質、刀光。

沉默的較量，最終在刀光血色裡破開，人質頸旁有血線緩起，寸許。

她說到做到，不按她的吩咐，一次開一寸！

氣在草葉清香的風裡頗淡，卻涼了男子的眸。他開口，融幾分漫不經心：

「方才妳說提取足跡，真有其事？」

自己人被劫，脖子上被開一刀，他卻問一句不相干的，若非太關心凶手是誰，便是鐵石心腸。人後，少年的半副面容也堅如鐵石，半晌，她答：「有。」

話音落，刀光緩起，寸許再添寸許。

男子瞧見那刀光那血痕，卻似未見，只問：「不是石灰，那是何物？」

「石膏。」少年答得痛快，刀劃得也痛快。

刀口已有三寸，血染了皮肉衣襟，男子的目光卻只落在少年臉上。半晌，他脣邊噙起一笑，無雙風華染了自嘲。隨後見他往徑旁一退，樹下一坐，懶支下頷，淡望少年，「走吧。」

兩個字，如此輕易，實叫人意想不到。

少年卻未發愣，只目光在男子支著下頷的手上掃過，半邊面容避在人後，卻遮不住那眸底星子般清明。

「走！」她沉聲一喝，一推前方腿腳僵硬的人質，兩人出了小徑，十數步便被霧色遮了身影。

魏卓之走來樹下，搖扇望遠，淺笑不語，不見驚訝。樹下，步惜歡盤膝坐了會兒，估計著人出了刺史府才起身拂袖，往刺史府後院閣樓而去。霧色也漸遮了他的身形，只隨風送來一道清音——

「看著點兒，別讓她真把人殺了。」

魏卓之笑意漸濃，仰頭望月，只見月色下樹梢石後掠過十數道黑影，齊往刺史府外而去。

原來，她本無勝算，只是他放她走。

汴河城坐落於汴江沿岸，汴江貫通南北，支流脈絡頗廣，曲水河是其中一支。

江南如畫，河也柔美。夜色更深，薄霧如帶，河面飄起層脂粉香，隨風送來儂歌幽幽。歌聲送來岸邊，掩了岸邊垂柳樹下一聲寒語：「我爹可是你毒死的？」

垂柳枝條細密，夜濃時分幾乎看不見樹下有人，暮青背對河面，刀指被綁在樹上的陳有良。

綁著陳有良的是他的腰帶，那腰帶被解下當成繩子將他與樹幹綁在一處，頸間淌血，狼狽難堪，面有愧色，「妳爹是死於本官給他的那杯酒。」

河面上畫舫燭火點點，柳枝裡灑絲絲淺黃，照見少年背影飄搖。

燭光淺淡，人面模糊，但對暮青來說已足夠。

風拂來，摧打了柳枝，六月初夏，忽有風雪來。那風雪含恨，凌厲如刀，驚破夜色，刺人喉嚨。

那刀光卻在人喉前半寸停住，摧心隱忍。

人生第一次，暮青怨自己為何要會解讀人的內心。若不會，憑此言人已死在她手上，哪會像此時這般，已知此人毒死了爹，還要停手讓他多活片刻？

陳有良所說是實，話裡卻有隱情。

她問爹可是他毒死的，若是，他只答是便好，為何要說「妳爹是死於本官給他的那杯毒酒」？人只有內心並不理直氣壯的時候，才會生硬地重複對方所問的問題，彷彿重複一遍就能取信對方，也能說服自己。

陳有良的神態告訴她，他所言屬實，可他又為何回答得這般生硬？

只有一個可能，他說的是事實，但事實未盡。

「我爹是死於你手上，但命你給他那杯毒酒的另有其人。」少年抬著刀，望著人，句句寒霜：「是那狗皇帝？」

她不需要他回答，只要他一個神色，她便知道是不是。

陳有良卻臉色頓沉，怒容滿面，一聲斷喝驚了夜色：「放肆！」

暮青微愣，片刻後，目露冷嘲：「你死了爹，你也會放肆。」

如此昏君也要維護，此人真乃愚忠！

「妳！」陳有良被暮青的話刺住，半晌才怒容漸去，嘆了一聲：「本官知妳想替父報仇，但那人身分不是妳能招惹的。」

暮青眸一寒，那人身分？

她明明問的是元隆帝，陳有良為何要答那人？照常理，他該說陛下身分不是你能招惹的，如今卻說那人，莫非那人是指另有其人？

「你說的那人是誰？」

「妳別再問了。本官已誤了妳爹的性命，不想再誤妳的。」陳有良閉了閉眼。

「少來這套假惺惺！」暮青忽然一喝，眸中燒怒，「你若愧疚，我爹死後為何將他一張草席棄於義莊？你若愧疚，為何不派人往古水縣報喪？若非我來尋我爹，他再過幾日便要被拉去亂葬崗埋了！虧他敬你多年！」

義莊裡的屍身有許多是無名屍，官府每過一段時間便會將無人認領的屍骨運出城，埋去亂葬崗。只要一想到她再晚來那麼幾日，爹的屍骨便會亂葬於野外，許再尋不回，她便想一刀剖了這狗官假惺惺的臉！

「什麼？」陳有良聞言，卻露出驚詫，「本官先後派了三撥人，執了喪信帶了喪銀往古水縣報喪！怎麼？妳不是見了喪報才來的汴河城？」

暮青愣住，陳有良也愣住。半晌，不知想到什麼，面色變得十分難看。

「再問你一遍，那人是誰！」此事似多內情，暮青卻不想知道，再多的內情抵不上爹被人害死的事實，她不想問內情，只想問一個人的名字。

陳有良臉色仍陰晴不定，聽她再問，還是那句話：「本官不告訴妳，確是為妳的性命著想。」

暮青聞言，冷笑一聲：「看來，今夜曲水河裡要多一具浮屍了。」

刀光如電，層冰積雪，晃了陳有良的眼，他一閉眼，心道今日命休。那冷意卻遲遲未襲上他身，耳邊一道銳利金鳴，細長刺耳，他皺眉睜眼，只見暮青仰著頭望著樹頂，手中薄刀淺黃光線裡繫一條銀絲，似被扯住。

陳有良一愣，暮青已冷哼一聲，她手臂猛一揮拽，身形暴退！她退出柳樹下的一瞬，手一揚，一把石灰粉向著空中灑了出去！

這把石灰粉是她在刺史府內突然發難時抓到手中的，就是為了以防萬一！

她就知道，那男子沒那麼容易放她走。他說讓她走的時候，她就知道。

夜空中，數道黑影因見識過石灰粉暗器的厲害，紛紛下意識退開。

卻只聽撲通一聲！

暮青轉身，躍入了曲水河。

第四章

自投羅網

月入河面，浮香繞岸，畫舫在遠處，有人在近處。

那人負手而立，西風弄袖，送來月色，落一岸清霜。男子望著河面，河面上漂著兩只素白手套。

一道青影躍下河堤，來到男子身旁，望了眼河面，笑道：「真服了這姑娘，那時候算計著劫人，還能再抓一把石灰放手裡捏著，我都沒瞧出來！」

那日古水縣官道初見她，他便覺得她是個冷靜果敢心思縝密的女子，今夜瞧她行事，果真沒錯看她。

「竟然跳河脫身，她不會有事吧？」魏卓之望著河面，六月汴河雖入夏時，夜裡河水還是有些涼的。

「她水性不錯。」步惜歡掃一眼河岸，篤定。

以這少女今夜行事的心思，她必不是隨意擇的地方。今夜她自薦查案，他知道她必非真心，不過蟄伏靜待，以尋逃出刺史府的時機。從發現那凶手腳印的一刻起，她便在思量著逃脫了。藉著推理案情，理所當然地支走他身邊兩人，堂而皇之地要來了助她逃脫之物，猝然發難。

怪他，以往小瞧了她。

這等隱忍周密的女子，怎會隨意擇一處藏身地？

河岸垂柳枝條繁密，一可藏人二離河面近，她既擇了此處，必是思慮到遇險時可跳河脫身的，那便定然水性不錯。

「這回……許是我看走眼了。」步惜歡看向魏卓之，脣邊噙起一笑。

那一笑，人間一抹紅塵，覆了一場風華。

「這女子，有些意思。」男子望向河面漂著的素白，興味懶起，瞧了會兒，忽道：「找到她！」

岸上十數道黑影跪著，聞令卻都未動，魏卓之回頭，見那些黑影肅然低頭，月影下眉宇間皆有青絲遊動，面色已現了黑紫，不出半刻，便可暴斃。他回身看向那望著河面的男子，目光微深，他功力果然是精進了，同時縛了這麼多人，竟不見他面有異色。

「真不懂你，如今費力去尋她，何苦刺史府中放走她？」魏卓之搖搖頭，這人的心思總深得叫人猜不透。

步惜歡轉身，月下華袖自舞，河岸上十數道黑影面上一鬆，黑氣漸退。只見他三兩步間已在河堤上，一道背影，如見了天人，霧色漸遮了身影，只有聲音來——

「人間路難行，至親仇難報，倒想瞧瞧，她要如何走。」

◇

暮青冒出頭來時，頭頂一彎石橋。

曲水河四通八達，城中河水多與此河相通，她一路潛游，不辨方向，也不知此時到了哪裡。只是瞧石橋矮短，想著應是哪條巷子裡的。

蛙聲幾聞，巷深更靜，暮青隱在石橋下，並未急著上岸。

刺史府裡那神祕男子行事叫人摸不透，小心些好。

今夜刺史府中，他放她離開時，她便知道他不是真心放她走。

那男子覆著面具，她瞧不見他的臉，卻看得見他的動作。他那時坐在樹下，瞧著興味索然，卻做出了一個動作——手支著下頷，食指豎起，放在了臉頰上。

這是典型的思考動作。

她雖不知他在想什麼，但知道他放她走一定有目的。劫了陳有良出了刺史府，她未敢輕忽大意，她劫走的是汴州刺史，相信那男子不會任由她殺了他，除非陳有良對他沒用。所以她斷定今夜定有追兵，便選擇了河岸藏身。她在江南長大，沒生在深宅內院，又自小隨爹走鄉入村驗屍，爬山游水都有一身好本事。曲水河寬，夜深水黑，好藏身亦好脫身。

她也不知游了多久，中途幾回換氣都小心翼翼的，如今到了這石橋下，倒可藉著一避。

暮青貼去一側橋墩，石面溼滑冰涼，她低頭避在陰影裡，眸底一片清冷。

爹果真是陳有良毒死的……

陳有良對幕後元凶諱莫如深，倒令她沒有想到。她原以為，爹若是喝了陳有良的毒酒死的，命他殺爹滅口的便定是元隆帝了，未曾想他話裡有元凶另有其人之意。

陳有良定被那群黑衣人救回了刺史府，他今夜因此事受了驚，刺史府又出了人命案，近期定會內外戒嚴，想再混進去估計是難了。但他曾說，爹死後派了三撥人往古水縣發喪，以為自己是接了喪報才來的汴河城。她瞧得出，他說的是實話，即是說此事他被下面的人瞞了？

衙門裡的人辦差是要向上官交差的，這些人竟敢謊報差事，莫非不是陳有良的人？

若不是，是誰的？

她不認為這些人未去古水縣報喪是出於貪財想汙了那些喪銀。衙門裡的公差貪財的是不少，但回頭要交差，這些人頂多汙點銀子，差事是不敢不辦的。她在古水縣時就曾知道有公差去苦主家中報喪，喪報了，死者身上帶著的銀兩沒還給人家的。汴河城衙門的人即便貪那點喪銀，也該來家中報喪。

人未來，此事便值得細剖。

爹這些年常來汴河城衙門辦差，他人憨厚老實，應不會與這些公差結怨，這些人趁機報復爹的可能性不大。那麼此事便是有人授意？這背後授意之人與爹有何怨，又與那殺爹的幕後元凶有何關聯？

找到這些被陳有良派往古水縣報喪的官差，至少能查出那背後授意者來！一步步查下去，定能讓她追查到殺爹的元凶！

這是目前最清晰的線索，但事情不好辦。

刺史府近期必定戒嚴，接近有難度。且今夜陳有良從她口中得知了手下公差譌報差事，他那時候臉色頗為難看，應是知道了這些人不是自己人。今夜回去，若他不能容他人勢力在自己府中，便會處置這些人。若他出於某些考慮容了下來，也該能想到她會順著這些人追查凶手；在這些人身邊布下眼線，必定能找到她！

陳有良對爹的死有些愧意，找到她未必會為難她，但那神祕男子她不敢保證。此人對她以微表情察人觀色那一手頗感興趣，許有招攬她的意思。她不想為任何人所用，只想查出殺爹的元凶，為爹報仇，所以她不能再送上門去被人困住。

那該從哪裡下手？

暮青垂著眸，河水浸了一身冷意，她順著河水遠望，見月色淡了下去，再過一個時辰，天將明亮。

在水裡許久，她已覺得有些冷，自知再不上岸便有失溫的危險，避了這許久未曾聽見岸上有異響，暮青略一思量，從石橋下出來上了岸。

眼前現出兩條巷子與短短的石橋相接。黎明前最黑暗的時辰裡如同兩條通往未知的路，不知該走哪一條。

暮青沒猶豫，轉身拐進了最近的巷子。她懶得過石橋，去走對面的巷子，她剛從水裡出來，體力所剩無幾，能省一步路就少消耗一分體力。

那條巷子極短，十幾步便走了出來，眼前竟豁然開朗。

前方曲岸柳林，繞著一座置地頗廣的府邸，月色將隱，不見細貌，只見華美輪廓，門前掛著一串宮燈，映亮了匾上五個大字。

內廷美人司！

內廷，太監組成的機構，專司宮廷內務諸事。

大興自高祖皇帝時設內廷，沿用至今，已六百餘年。美人司卻是本朝新設，受內廷管制，專為當今聖上網羅天下俊美男子，雖新設了僅六年，卻廣為人知。

當今聖上好男風，美人司設立之初曾遭朝堂激烈反對，驚動了太皇太后。太皇太后出面，罰帝罪己，罪己詔昭告天下那日，帝駕卻啟程來了汴河行宮。那一路浩浩蕩蕩令罪己詔成了笑話，太皇太后生生被氣病了不少時日，自那以後便纏綿病榻，對聖上的管束漸顯力不從心了。

美人司設在汴河，大興只此一司，卻折盡天下俊美兒郎。

內廷為帝王選妃，每年八月徵收捐稅時由朝廷順道將民間適齡女子登記造冊，三年一選。年年逢八前，民間嫁女忙，此民風古來有之，卻因當今聖上好男風，已改做「年年逢八前，民間娶媳忙」。家有俊秀兒郎的，大多早早訂親，卻還是有因生得俊美，被美人司強徵回汴河，送入行宮的。

本有雄心報國志，如今強做帝王寵。民間有怨不敢言，美人司行事卻愈發張狂。如今五胡叩邊，西北戰事激烈，邊關三十萬將士戍守國門抗擊胡虜，內廷太監們卻日日在兵曹職方司衙門口流連，看閱那些前來應徵的兒郎，發現有俊美的，即刻強搶了去，囚進美人司。

此舉惹惱了西北軍副將魯大，他前幾日偷跑去賭坊，回來挨了顧老將軍的軍棍，本該在床上養著，卻叫人把他抬出來，趴著指揮手下兵勇跟內廷太監們幹架，職方司衙門口日日有熱鬧看。

這日一早，魯大又被抬出來，身後帶著的兵勇一個賽一個的結實粗壯，有的瞧起來還眉眼猥瑣。這些漢子都是他昨夜裡挑出來的，粗話葷話花樣最多，保證辱得那群太監恨不得回娘胎裡再生一回。

那群太監欺人太甚，他們原想揍他個痛快，奈何那顧老頭是個死心眼，說打架違反臨行前大將軍的軍令，他們只好另尋他法解氣。

一群人到了門口左右顧盼，摩拳擦掌，卻沒等來美人司的人。

魯大撓了撓頭，有點茫然，「怎麼了？今兒怎麼沒來？」

今日，美人司裡來了個少年公子，司監都被驚動了。

司監大太監王重喜來到明堂時，只見有一公子，憑欄獨立，本是晨間向曉，卻如見月下清霜。一枝合歡探入廊下，淡蕊斜紅，映那少年一身清霜，清霜亦回春。

本無鬥芳意，依舊冠群芳。若非此處是美人司，當真要叫人想起此話來。

美人！

此色非等閒！

王重喜目含明光，大步來了明堂前，人未至，已將少年打量在眼。少年不過及冠，白衣青簪，那白衣乃江南織造的素錦，貴重是貴重，只是有些年頭了，衣上褶子壓得有些實，一股子溼潮氣，似是剛從箱子底下翻出來的陳年舊衣。那青簪一枝翠竹，襯少年一身清卓氣，令人眼前一亮，料子卻並不貴重。

這是哪家落魄門庭的公子吧？

王重喜心中有了數，笑起來女子般眉眼生媚，嗓音不男不女：「唷，這位公子，來咱們美人司可是有事？」

少年只望他一眼，話簡潔：「自薦入宮。」

王重喜目光一亮，好嗓音！雨後風過竹林般的清音，當真不負這一身清卓氣！至於少年自薦入宮的話，他倒反應平淡。這美人司裡的男色雖有搶來的，卻也有不少送上門來的。

陛下好男風，天下間便自有投其所好者。士族門閥公子不屑為人籠中寵，家門落魄的卻有想借帝寵登高的，美人司裡從不缺被族中送來的公子，有寧死不願的，有甘願以色侍君的，自然也有自己走進這門裡自薦的。

見得多了，不稀奇。

但此等美色，倒是少見。

「公子既有侍君之意，那便隨咱家來吧。」王重喜笑著將少年引入明堂，回頭衝身後一眾監侍使了個眼色——看著點兒！這等美色，進了此處，就別想走了！

士族公子好男風，古來有之。美人司為陛下甄選天下男色，有些陛下瞧不上的，給公子們送去便是白花花的銀子，若不合公子們的眼，賣去倌館，美人司裡出去的也是最值銀子的。

少年被領著過了明堂，穿庭入院，便見一處暗房，應是驗身之處了。

進了房中，有小太監貫入，掌燈、看茶、執尺，有條不紊。

王重喜擇一圓桌旁坐了，細著嗓子笑：「公子可聽過選女子入宮的規矩？這選男妃也是一個道理，所謂美人，體、貌、聲、姿缺一不可，一會兒要給公子驗身造冊，咱們陛下呀，有些潔癖，送入宮中的公子們身上哪兒生著痣都要驗明白，比驗女子還要嚴。比如說這髮長幾許、髮色如何、疏密如何、有無掉髮，別小看這頭髮，公子的腎氣如何，瞧髮便能明一二。」

「髮長三尺二寸，髮黑濃，掉髮每日少於五十。」少年忽開口答。

王重喜一愣，面色有些怪異，少於五十？他數過？

「咱家只是對公子說說一會兒驗身的細項，不必公子答，自有咱家的人來驗。」王重喜垂眸喝了口茶，聽少年又開了口——

「還有哪些？」

「還有雙胸、腋下、會門……」

「雙胸對稱，腋下無臭，會門無痔。」少年又答。

王重喜嘴角一抽，面色更加怪異，他都說了不必他答，這少年聽不懂話？

少年卻再開了口：「還有男子之器是吧？長四寸五，毛髮均勻，色黑，每日掉毛不足十根，腎氣佳。」

「咳咳！」王重喜一口茶嗆在嗓子裡，後頭的小太監趕忙幫他拍背，一屋子的太監盯著少年，眼神多有陌生。

美人司設了六年，見過公子無數，驗身時無不面紅耳赤羞愧難當，頭一回見到面不改色，不等司監察驗便自報出來的！還報這麼詳盡，他量過數過不成？

少年在一眾太監崩潰的眼神裡面色不改，是量過，也數過，驗屍的時候。

「公子，咱家方才說過了，驗身自有咱家的人……」

啪！

王重喜好不容易喘上氣來，把話再說一遍，未說完便聽啪的一聲，桌上拍來一物。他一愣，低頭一瞧，見竟是張銀票，上蓋城中永盛銀號的印章，面額足有五百兩！

「公子何意？」王重喜愣了愣，心中自明，嘴上卻裝糊塗。

「面皮薄，羞於赤體。」少年面如清霜，此話一出，屋中眾太監絕倒！

他面皮薄？

那那些進了暗房以死明志誓不寬衣的公子是啥？

王重喜瞧了少年好一陣兒，他知道這些公子少有真心以色侍人的，大多是被逼無奈。進了這美人司初回驗身，不願寬衣者見得多了，但像這少年這般的還是頭一回見。

他瞧了眼桌上銀子，驗身一關是必查的，美人司裡不必學宮中規矩，亦不必學侍君之事，只驗身一事需細查。

此事說來乃陛下的嗜好，陛下不愛被宮中規矩教成一樣的美人，偏好各色性情不同的。侍君之事也不喜他們來教，陛下最喜自己調教，曾言此道有如馴獸。

但陛下愛美有些潔癖，公子們登記造冊，畫像入宮，陛下瞧上了哪人，會細瞧冊子，冊子裡髮長幾許、身上何處有痣都要一一看。

有些公子羞於驗身，沒銀子的自是要強驗的，有銀子的倒可拖一拖。若陛下沒瞧上，驗與不驗都無礙，若瞧上了，送入宮前要沐浴更衣，那時他們會細細登記造冊，隨人一同送入宮中。

王重喜也不奇怪少年的銀子哪裡來的，他既穿得起江南織造的素錦，便是家中有些家底的，只衣衫舊了，應是家道中落。但這樣的人家，家中有些最後的家底兒也正常。

拿人手短，且這少年貌美性子怪，許日後陛下會喜歡……

「既如此，那便依公子吧，咱家向來好說話。」王重喜一笑，將銀票收入懷中，收好後抬眼問道：「公子的身分文牒給咱家瞧瞧？總要造冊的。」

少年聞言點頭，一張身分文牒遞了過去。

王重喜接來一看，這回是真崩潰了。

這少年……名叫周二蛋？

今兒這日子定是沒看黃曆，來了個自薦入宮的少年，貌美難尋，本以為是好日子，哪知他性情古怪，名字還怎麼也對不上這張臉！

「我爹說，賤名好養。」少年道。

好養不好聽，這花名冊造出來，如何敢呈上去汙陛下的眼？

王重喜瞧了眼身分文牒，古水縣永寧鄉人，倒像是家道中落的人家的落腳地兒，但這名兒……真不像是曾有家世的人家取的。

心中雖有疑，王重喜卻知道這些都不歸他管。美人司只管搜羅天下俊美公子，登記造冊，將陛下瞧中的送進宮中，如此而已。至於這些公子是何身分有何身世，不歸美人司管，陛下也未必在意。

陛下喜怒難測，性情放浪不羈，行事有些荒誕。這些年送入宮中的公子，帝寵永固者少，君恩大多不過一時，陛下膩煩了便不再理會了。那些公子在行宮裡度日，如同身處冷宮，又有誰在意他們曾是何身分有何身世？便是有人死在了行宮裡，也不過一張席子捲了，抬出宮外隨意埋了。

王重喜抬眸打量了眼暮青，這少年的名兒，花名冊一呈上去，定能叫陛下眼前一亮！這姿容，陛下應該也能驚豔住，這性情……許也會覺得有趣吧。

至於這分興味能有多久，那便要看這少年的造化了。依他瞧著，這少年總是能得些時日的聖寵的。

王重喜瞇縫著眼笑了起來，身分文牒合上，遞給了暮青，「公子好名字，定能一朝得君恩！」

少年淡然立著，並無喜色。

王重喜一笑，此時沒有喜色，待日後家中和自己有了前程，便自會有喜色了，「咱們美人司裡還有幾位公子住著，待過些日子便有畫師前來畫像，公子這幾日也且住在美人司裡。若名冊和畫像呈進宮，陛下想見公子，宮中自會有人來接。」

簡單將事一說，他便起身，親自帶著暮青往住處去。身後小太監們跟著，知道這是司監大人瞧出少年能得聖寵，提前巴結著了，不然哪會親自帶路？

暮青隨著王重喜走出暗房，行過一處花園，便見一湖。湖中靜等著艘畫舫，瞧這樣子，竟要上船。

暮青抬眸遠望，見對岸合歡成林，點著一湖碎紅，碎紅下新綠千重，晨陽點在波心，白雁低飛，黃鶯繞林，一幅人間盛景。

重。

風日晴和，少年負手立於船頭，一身清霜總不散，眸底映著波光，心事千

刺史府接近不得，行宮倒是個去處，險是險了些，但有條線索在宮中，她一直忽略了——死了的那位娘娘。

義莊的守門人說，爹是看了那娘娘的屍身被滅口的，但有沒有可能是爹發現了什麼被滅了口？表面上看是元隆帝下旨殺的爹，但有沒有可能是殺那位娘娘的凶手所為？

若是凶手所為，從那位娘娘的死因上入手，許能查到凶手。

若是元隆帝所為，她為爹報仇也是要接近他的，不如現在就進宮！

畫舫湖中行得緩，行至對岸，竟過了半個多時辰。暮青隨眾太監上了岸，轉過石徑，眼前豁然一片新景。只見殿宇七重，合歡叢向兩邊開，美色深深關入林。

暮青被帶至東殿，在一旁偏殿住下。王重喜撥了兩名小太監服侍她，告訴她三日後有畫師來，這幾日若有事可差小太監尋他，又命人丈量了暮青的身量體態，派人送了華衣來，這才領著剩下的人走了。

暮青在屋中坐了，瞧屋裡梨木紅窗，華帳錦榻，妝檯上一方銅鏡，映著一張好容顏。

暮青望著鏡中容顏，若非這張臉，她進不得美人司，但這張臉很有可能會得聖眷，與帝相處，若想瞞住她是女子不太容易，只能到時見招拆招了。

服侍暮青兩名小太監年紀都不大，約莫十二、三歲，其中一個面皮白淨的性情活潑，收拾好了衣物便走來妝檯旁道：「恭喜公子住來東殿！咱們美人司殿有七重，東殿的公子是最美最有才華的。司監大人為陛下進貢美人多年，眼光最是精準，他帶公子來東殿，便是公子離得聖寵的日子近了。」

暮青瞧這小太監一眼，只淡淡嗯了一聲，抬眼見另一人似要打水伺候她沐浴更衣，便道：「我有些累，想歇息一會兒，沐浴更衣之事待晚間吧。你們且出去伺候，我屋裡不習慣留人。」

兩名小太監互相瞧了眼，見暮青性子清冷疏離，便識趣地沒再開口，只是躬身退出門外時，外頭傳來一道人聲——

「新來的？我瞧瞧！」話音落，人已進了門來。

那人玄青冠粉白面，華袍錦帶，手持摺扇，一見俊秀風流，再看油頭粉面，超過三眼只覺喘口氣屋裡都是脂粉香，嗆人。

暮青皺了皺眉，見此人打量她的目光放肆直接，心中生起不喜，抬眼問那兩名小太監：「這就是美人司東殿的公子？你們司監大人的眼是青光眼吧？」

兩名小太監一愣，不知青光眼是什麼眼，但隱約覺得……似乎是在說一種眼疾。

「呃……」那活潑些的小太監面露尷尬，忙解釋：「這位是上河府謝家的四公子。」

暮青垂眸，懂了。

南魏北謝，魏家乃江南第一富商，謝家商號則在江北，大興巨富無疑便是這兩家了。

此人應是憑此住進的東殿。

那謝公子聽聞小太監提及謝家，便從暮青身上收起驚豔的目光，掃一眼她身上已舊的素錦袍，換一副高高在上的笑，問道：「不知新來的這位公子是何身分？」

暮青垂下的眸抬起來，看了對方一會兒，面無表情道：「跟你的身分一樣，男寵。」

謝公子一愣，高高在上的笑容頓碎。

兩名小太監你望我我望你，公子們是男子，終究要些臉面，還從未聽過有人這般直白地說自己。

謝公子好半天才扯出笑來，這回是尷尬，「公子說得沒錯，我等都是侍奉陛下的，是何身分並不重要。只是侍奉陛下，總要有一技之長，在下不才，擅音律，敢問公子有何所長？」

「跟你擅長的一樣，暖床。」

兩名小太監目光發直，謝公子笑容再碎！

「呵！」再過半天，他又笑了，這回是氣的，「在下來美人司時日不長，卻也見過幾位公子。我等以色侍人，各有難言之隱，但像公子這般坦然的，倒是少見。」

「不少見，跟你一樣，臉皮厚。」暮青瞧了眼謝公子臉上的脂粉。

兩名小太監憐憫地看了謝公子一眼，謝公子眉宇間都冒了白氣兒，他本是來瞧瞧今日來東殿的是何等人物，宮中國色眾多，對手能少一個是一個，哪成想這少年一張嘴能殺人，才三句話他便落盡下風！

謝公子還想再言，卻一時無話，只得怒哼一聲，拂袖而去！

晨間夏風微暖，拂進門來，帶著脂粉濃香，嗆得暮青皺眉，抬眼補刀：「男人示威的嘴臉，比女人還醜。」

她自那晚在刺史府被脂粉毒暈，便不喜脂粉！

院子裡，謝公子腳下一個踉蹌，吐血中刀。

兩名小太監默默退出房來，小心翼翼將房門帶上，覺得這幾日還是事事順著這少年的好，這少年公子的嘴好生厲害！

暮青坐在房裡，眉頭未鬆，只望向窗外，見繁花落了滿臺，黃鶯窗外啼叫，添盡心頭煩憂。

她進宮只為追查凶手，該如何避免聖眷臨幸？

汴河城，刺史府。

繁花同映了窗臺，有人立於窗前，望閣樓外海棠落盡，眉宇間也擰起煩色。

「這姑娘真是好本事，汴河城中竟有你我尋不著的人了。城門、客棧、酒家、茶樓，凡能落腳的地方兒都安排了人，就是沒發現蹤跡。」屋裡棋桌旁，魏卓之笑嘆，掃一眼棋盤，丹鳳眼瞇了瞇，「藏哪了？」

窗前，男子負手遠望，眸底生起凌光，望一眼窗外，便如望盡山河天下。

這丫頭，能藏哪去……

啪！

棋盤上，一子落，聲如玉脆。

「謝家把嫡出的四公子送來了，人住在美人司有段日子了，你也該見了。」魏卓之搖扇觀局，未抬頭。

「謝家這些年與江北士族走動頻繁，江北如今已遍布元家嫡系，謝家把嫡公子送到你身邊來，還真是下了本錢。」

「謝家老四不是個聰明的，元家必定清楚。這麼個蠢貨送來你身邊，定是放在明處的。以往總送些聰明的來，如今連蠢的也送來了，明手暗手都用上了，元家心急了。」

「元家內有三軍，外有西北狼師，江北已入元家囊中。江北將領不擅水戰，江南三十萬水師非元家嫡系，水軍都督何善其的胞妹當初在宮中與太皇太后鬥得厲害，兩家有不可解的世仇。」

「元家這些年苦於無法將手伸到江南來，如今藉著西北戰事在江南徵兵，這些新兵可是練一支水師的苗子。」

「元家手中沒有水師將領，這些新兵給了元修，若讓他在西北戰事上將這些苗子歷練成狼，挑幾個好手便能成水師將領！元家已想把手伸來江南了。」

「我們也得加緊。我手裡的東西，臉上的都備好了，只差身上的，等你的名冊。」魏卓之說罷，抬眸轉頭。

他一個人絮叨了這麼久，怎沒個人聲？

窗臺旁，海棠映了天雲，男子立在天雲外望一城繁景，忽然回身！

「美人司？」

「嗯？」魏卓之一時未反應過來，細長的鳳眸挑出莫名，美人司怎麼了？

步惜歡未言，那眸忽有異色，對屋中道——

「來人！」

「公子。」

美人司東偏殿，小太監在房門外喚暮青，含著幾分小心，生怕擾了他午憩。

暮青根本就沒睡，初入陌生地，她心中警惕未鬆，又有進宮與帝相處的心事，哪裡睡得著？小太監一喚，她便開了門，「何事？」

那小太監見他出來，雖面含清霜，眸中卻無風刀，頓時暗鬆了口氣，笑道：「畫師來了，請公子更衣。」

暮青聞言一愣，皺眉，「不是說三日後？」

「這……司監大人方才吩咐下來的，說是陛下心血來潮，今日便想見見新公子們。司監大人已在備名冊了，只等畫像好了，速速呈去宮中。公子快更衣，隨咱家前去見畫師吧。」

暮青見小太監眉眼間有焦急神色，不見作假，心中道元隆帝果真是個喜怒難測的，人已往門外走，「不必換了，既趕時辰，那就這樣去吧。」

小太監見了一驚，慌忙追上，「公子不可！如此面聖，有不敬之罪！」

暮青步子未停，她要的就是不敬！

她已想好了，美人司裡的公子想進宮需得先畫像由帝點選，她想進宮，那就必須得被元隆帝看上。既入了帝王眼，又不想侍駕，那就只能劍走偏鋒！

她打聽過，美人司裡的公子不需學宮中規矩，亦不必習侍君之事，便是說元隆帝不喜被宮規教導得規矩順從的人，他必是喜歡親自調教，這有如馴獸，與民間傳聞此人荒誕不經的性情吻合。

這性情，說好聽些叫荒誕不經，說直白些就是閒得蛋疼，想找刺激！

既如此，她索性不敬，入宮後也索性表明不願侍寢，元隆帝既愛馴服的刺激，自會對她耐心一段日子。

只要給她一段日子，能查出那娘娘的死因，或查出元隆帝是否是元凶便足夠了。若元凶是元隆帝，她便尋侍駕的時機宰了這昏君，若不是，再看下一步。

她不怕這段日子會不慎惹怒元隆帝，她是心理學家，君心自古雖難測，但她自能看出元隆帝的喜怒真假。若這世上連她都看不出君心，把握不好分寸，還有誰能？

她也不怕到時出不了宮，帝駕每年只在汴河行宮半年，且有帶男妃乘龍船遊汴江的慣例，她若想走，總能尋得時機。

「放心吧，聖上不會怪罪的。」

小太監愣住，聖意豈是隨意能猜測的？若猜錯了，可是要掉腦袋的！

愣愣中抬眼，暮青已出了東殿。

小太監知他不識路，怕走丟了再去尋，反倒誤了時辰，趕忙一跺腳追了出去。

夜。

刺史府閣樓。

燭火明亮，地板上鋪開的一幅幅畫像泛著華光。月色入窗來，映那華光如水，近處一瞧，竟是墨跡未乾。

步惜歡手中執了一幅，畫像遮了他的臉，只瞧見那執著畫軸的手指修長，指尖玉色捏得有些泛白。夜風吹落窗臺，畫在風中有些抖……

魏卓之抽著嘴角看那畫，再看那在畫後低頭忍笑的人，執扇點了點額頭。

好些年沒見他這般開懷了，也真是從未見過行事如此劍走偏鋒的女子，難怪汴河城遍尋不著她！

瞧那畫上落著的名字，墨跡有些抖，想必那畫師被這名字折磨得不輕吧？

那畫在風中也漸抖得不輕，屋裡漸聞低低笑意，那笑意隨風潛出窗臺，落那海棠枝頭，醉了滿園。

「我原想瞧瞧她如何走這條路，未曾想她竟敢走此路。」步惜歡收了畫，垂眸，視線落去桌上一本攤開的名冊，「也罷，宮中長路，從來只我一人，如今多一人相陪，似也值得期許。」

男子低著頭，眸底落一片燭影，寂寞難明。

半晌，他抬頭，仍對屋中道。

「來人！」

夜入三更，美人司裡來了人。

宮中車駕浩蕩，領頭的是內廷大太監范通，一路手執聖旨，入了美人司東殿。

謝公子聞聲從偏殿中出來，看院中燈火通明，映著那一捲明黃，飛龍夜色裡刺著人的眼。他趕忙跪下，心中撲通跳，暗道進了美人司有些日子了，今日來了畫師，莫非聖上瞧了畫像，傳召他入宮了？

對面偏殿，暮青的隨侍小太監也跪了下來，心中也撲通跳。今日公子穿一身舊衫畫了人像呈入宮中，莫非惹了聖怒，下旨罰他來了？

范通拉長著一張老臉，面無表情掃一眼院中，高聲問：「哪個是周二蛋？」

太監的聲音夜裡尖長，范通是出了名的死人臉，人前從不露喜怒，今夜的聲音聽著卻有些走音兒。

謝公子跪著的身子一歪，一張臉被宮燈映得五顏六色。

小太監身子一抖，一張臉煞白。

偏殿的門吱呀一聲開了，暮青穿戴齊整從屋裡出來，月色落少年一身清霜，見他跪得筆直，不卑不亢，不慌不亂，「草民便是。」

范通目光落在他身上，瞧了會兒，啪一聲打開了聖旨，念！

「奉天承運皇帝，詔曰：世有佳公子，獨住綠竹邊，本是天上人，清卓落人間。公子周氏，清風高潔，慧智且堅，冊為美人，即刻入宮侍駕，欽此——」

夏風吹，滿院樹影，一時無人聲。

半晌，司監王重喜一聲笑賀，驚了半殿。

「恭喜——周美人！」

夜半更深，又無人聲。

靜寂片刻，院子裡傳來少年清冷的聲音：「臣領旨，謝恩。」

暮青舉手接過聖旨，她並不知該自稱什麼，美人司不教習宮規，她便隨心意了。

果然無人斥她，司監王重喜笑瞇縫了眼，對左右隨侍道：「快為周美人備湯沐浴，別誤了面聖的時辰。」

「不必了，聖上有口諭，宮中已備湯浴，周美人進宮侍駕，隨侍聖浴。」范通眼皮子垂著，死板著張臉傳話。

王重喜頓驚，陛下有些潔症，美人司裡的公子們面聖，從來都是洗淨了才往宮中送，今夜怎破了舊例？這周美人今日才來，尚未驗身，他原打算趁他侍會兒寬衣沐浴，令隨侍太監將驗身冊子登記好一同送入宮中，如今可怎生是好？

「周美人上輦車吧？別叫聖上等著。」范通言罷，側身一讓，一輛華輦在夜中靜候。

那華輦朱漆彩綢，八人抬侍，明窗一角點著繁花，薰香淺淺透出窗來，月影裡嫋如煙絲。

暮青皺眉看了眼那香絲，道：「勞煩撤了薰香，不喜。」

自那晚刺史府中了香毒，她就不喜香氣，後遺症未癒！

范通眼皮子都沒抬，一甩拂塵，兩名太監上前開了車門，捧下薰爐，待那香氣散了，他才抬眼瞧暮青。

暮青瞧了眼輦車內，未再瞧見不喜的，這才上了車。

輦車緩緩抬起，月色裡晃晃悠悠出了東殿，自始至終沒司監王重喜說話的分兒，暮青那份驗身細冊范通不知忘了還是怎的，竟提也沒提。

院子裡，謝公子跪在地上，望那華輦遠去，眼底覆了陰鬱。身為男子，捨了身分，棄了顏面，塗脂抹粉，忍為男寵，竟盼不來聖眷。那少年不敬聖駕，嘴毒無矩，連名字都有汙聖聽，竟能一舉冊為美人，萬般恩寵。

元隆帝，當真是喜怒難測……

「那邊兒跪著的可是謝公子？」范通未隨輦車出去，留在最後瞧了眼偏殿門口跪著的人。

謝公子愣了愣，趕緊道：「正是！」

「聖上口諭，公子明日午後進宮面聖，準備著吧。」范通傳完話，一張死板的臉看人死氣沉沉，瞧了謝公子一眼，離去時眸底隱有陰色。

「謝主隆恩！」謝公子一臉驚喜謝恩，起身時已不見了宮中人，他望向輦車行去的方向，臉上驚喜又換了陰鬱。

那少年是塊擋路石，須得與家中說一聲，盡早除去！

暮青乘在輦車裡，透過窗棱見夜景緩緩行至湖邊，今早來時的畫舫不見了，換了艘平闊的大船，車駕人馬上了船，駛向對岸。她將目光收了回來，已無心思賞景，低頭見手中尚拿著聖旨便隨手丟去一邊。

那冊封的破詩毫無對仗可言，連首打油詩都算不上，可見作詩的人胸無點墨！

那畫像傍晚才畫好，送入宮中都該入夜了。明日都等不得，連夜召人入宮侍浴，可見色急！

這昏君！

暮青閉上眼，靠在輦車軟融融的墊子裡養神，車駕何時下了船出了美人司她都未在意，連一路經長街過宮門進了行宮她都未睜眼。她在宮中會待一段日子，要看宮殿巍峨有的是時間，懶得夜裡賞景，眼疼。

輦車停下時，宮中梆子打過四更，宮燈照著殘夜，只見得有一華殿，踏玉為地琉璃當天，金成柱翠為梁，宮女捧衣玉童引路，襯那明殿深肅，如座北斗天雲臺，燈火煌煌，映盡御宇萬方春。

天上人間奢靡色，古今皆入帝王家。

殿外一排彩衣薄裳的宮女和半大的小太監，見有一少年下了輦來，舊衣素冠，氣度清卓，人在殿前燈火處一立，頓如一道清風遣散這華殿靡色。再瞧那容顏，眾宮人頓露驚豔神色，那少年見眼前華殿眸中卻未見驚嘆色，只抬眸望一眼殿名，眸中添了清冷。

合歡殿。

「周美人，入殿去吧？陛下傳美人侍浴。」一范通進了殿中回稟出來，立在殿前階上，抱著拂塵垂手肅目。

暮青抬腳便上了殿階。

惶然、淒色、隱忍、歡喜……那些公子侍駕時的常有的神色在少年臉上都瞧不見，他連猶豫都沒有，像見一個平常人，行一件平常事，開門，入殿，關門。

關一殿雲臺在外，卻開一殿瑤池在內。

暮青原以為進得殿來會見到御座之上高坐的帝王，湯浴該在殿後闢出的小殿，未曾想一進殿便見玉階三尺高，靈臺九丈闊，宮燈置四角，八面彩帳深。白玉雕砌的九龍浴臺，見一人背影在氤氳重雲裡。

那人墨髮紅袍，聞聲負手回身，紅袖拂雲動，氤氳忽散間，見那人紅袍半敞，一片玉色春情露，玉帶鬆懶，一掬楚腰春風搦。那人含笑遙望，若明珠生輝，醉點半殿風光。那容顏在半殿輝光裡明見，卻難相述。只覺世間有一人，不見容顏，嘆人間風華。見那容顏，嘆人間再難見風華。

金玉瓊華殿中立，如見巫峽瑤池君。

元隆帝。

暮青從不以貌取人，世間美醜死後赤裸在那解剖臺上，皮肉骨血，構成都一樣。但今夜，那人，那笑，無關風月，只畫面太美，一眼便印入了人心。

真是一副好皮囊！

暮青垂眸，眸底清冷掠一線殺機，隨即壓下，只微攏衣袖，握緊了袖中聖旨。她袖中帶著解剖刀，但怕入宮進殿時有人搜身，路上便將刀解了捲在了聖旨中。只是沒想到進殿時竟無侍衛搜身，殿門口也只站著宮女太監而已。

宮中守衛不該如此鬆懈，暮青心有疑竇，此刻卻無推想的時間，她不再望那九龍玉池，只跪道：「臣請聖安，吾皇萬歲。」

九龍玉池臺上，元隆帝未應聲，暮青卻聞拾階而下的腳步聲。那腳步聲叩著玉階，清聲緩落，漫不經心。暮青只見猩紅衣袖落入眼前，一隻手伸來了她面前。

那手指修長，如落月色珠輝，一道慵懶散漫的聲音在她頭頂笑：「愛妃叫朕好等。」

那聲音讓人想起冬日落在庭前窗臺的暖陽，雖懶，卻微涼。

暮青一愣，似被雷擊中，霍然抬頭！

男子垂眸望她，那容顏她未曾見過，但那眸底慣含的懶散和那脣角噙著的一抹漫不經心，她並不陌生！

這聲音，她也曾聽過！

暮青眉頭狠蹙，頭一回說話失了乾脆俐落：「你……是你？」

那刺史府裡的神祕男子！

元隆帝半垂首，髮若烏墨，散遮了殿中明光，落一片幽暗在眉宇，笑問：「嗯？愛妃見過朕？」

「少來！」暮青拂開他的手，啪一聲，清脆。

殿中氤氳，清脆聲繞梁，久不散去。少年起身，三兩步退去殿角鶴燭架旁，袖口緊握，戒備緊繃。

元隆帝瞧著，笑意未淺，明光裡紅影旖麗，遙望少年。

「面容可遮，身形聲色皆有法可改，慣常神色如何改？更何況，陛下身形聲色皆未改！」少年退在燭影裡，清麗容顏覆了薄霜，不知是氣他，還是氣自己。

以為進了美人司，計入宮中來，卻未算到刺史府閣樓夜中人便是行宮御座殿上人。

難怪畫師急來，難怪當夜傳召，難怪進殿無人搜身。

元隆帝，步惜歡！

暮青面上薄霜都凍住，眸中風刀燭火裡雪亮，「我爹可是你命陳有良賜的毒酒？」

既早被他識穿，入了他的網，何必費力再扮男妃暗中查凶？不如明問，若他是，那便今夜宮中拚了此命，寧為侍衛刀下鬼，也要刺破他的網，結了他的命！

步惜歡瞧著她，抬眼若有似無掃了眼大殿窗外，忽然走來。明光照，男子紅袍若天中燒雲，映那眉宇含了春媚，笑勝繁花，「愛妃如此心急，竟不待朕沐浴，便要與朕訴衷腸……」

他邊笑邊執她的手，暮青驚怒甩袖，清腕已落入男子掌中，男子力輕且柔，她腕間卻似有寒流淌過，袖下那道藏刀的聖旨也被一同掣住，一時皆不能動。

暮青眸中霜雪如刀，刺一眼男子手掌，掃一眼大殿緊閉的紅窗。

窗外有人？

方才她進殿，殿外皆是宮女太監，有誰敢窺帝窗？

這一分心之時，步惜歡已牽著她上了九龍浴臺。白玉雕砌，九丈龍臺，登高而望，現大殿華闊，燭似虹霓。見盤龍戲池，飛落玉盤，翠音淙淙繞了華梁，氤氳融融暖了彩帳。

「我爹可是你命陳有良賜的毒酒？」暮青立在池邊，在這裡說話，總不會再被窺聽去了吧？

少年聲冷意涼，暖池氤氳，遮不住她的眸。那眸中清明如晨冬寒雪，在這靡靡華殿裡，望人一眼，似頗有醒神之效。步惜歡瞧著暮青，那日古水縣官道上，她離得遠，後又扮作平凡少年，不見真容，今夜似是頭一回這般近的瞧她真顏。

大興名士風流，多愛江南。江南女子俏麗婀娜，似水婆娑，是如畫江山裡男子心頭一點胭脂春色。眼前少女偏不是那男子能藏於金屋的胭脂春，她是那清風翠竹，萬色江岸一點雲煙碧色，著了少年衣，卻比少年卓。

「若朕說是，妳待如何？」他問。

「殺了你！」她答。

步惜歡望入暮青眸中深處，見那眸中冷靜堅毅半分未曾動搖，忽然低頭一笑，隨即鬆了她的腕，也未管她袖下暗器，只轉身步下玉池。玉池旁一只酒壺，兩只翠玉杯，瞧著是為帝君與侍浴美人準備的。步惜歡自斟了一杯，也不給暮青，自己喝了，目光落在空酒杯裡，問她：「妳會察言觀色，妳瞧著朕是嗎？」

暮青未答，忽然下了玉池。步惜歡抬眸，眸中有未掩的驚詫，似乎認定她不會願意與他共浴，對她入池來有些意外。

她走來他面前，水沒了她半身，眼看浸溼了胸前。他執著空杯，挑眉興味地瞧，卻瞧見她臉上未有半分女子的羞澀，那眸依舊清明，直入他的眸底。

聽她道：「現在，我問你答，只答是與不是。我爹可是你命陳有良賜的毒酒？」

步惜歡挑起的眉久未落，這才懂了她為何要下池來。他懶懶一笑，池水輕漾，烏髮紅袍襯得胸前一線肌色氤氳生輝。笑了片刻，他抬眸，與她對望。

聽他答：「是。」

九龍臺上忽生了寂靜，連那盤龍吐水落入玉池的翠音都彷彿遠去，兩人共水，隔一層氤氳對望。

「你想死嗎！」片刻，暮青開口，帶了怒意。

不是他！

她看得穿不是他，卻看不穿他為何承認。不是凶手，自承真凶，很好玩嗎？

步惜歡轉頭又斟了杯酒，翠玉杯中酒色清冽，映男子眸底一片涼薄，「妳殺得了嗎？」

「但只要我不死，總有一天凶手死。」

步惜歡抬眸，見水氣蒸得暮青面色有些薄紅，襯那微怒的眸，忽然便多了幾分生氣。

嗯，比平時總一副冷靜隱忍的模樣好看多了。

「做個交易，如何？」暮青忽然開了口。

步惜歡送到脣邊的酒杯微頓，「嗯？」

「我知道你急找我是為了何事，我幫你查出刺史府一案中的凶手，你告訴我誰命陳有良殺了我爹。」暮青道，她相信元隆帝尋她定有所圖，如今她入了他的網，與其被威逼脅迫，不如她自己提出交易。

「這交易似乎對朕不太公平。殺父之仇不共戴天，那人於妳世仇之重，刺史府一案的凶手於朕來說卻沒那麼重要。」步惜歡脣邊噙起一笑，笑意嫋嫋水氣裡看不清，微深。

「那你想怎樣？」

「妳跟著朕，每幫朕辦一件事，朕告訴妳關於凶手的一個提示。」步惜歡瞧著她，笑意深深。

暮青微愣，見翠玉杯中酒色一清透徹，映不見男子眸深無底，水波漾著，映那眉宇似住乾坤，韜光隱見。

她忽然便想起了天下間的傳聞——當今帝君，自幼荒誕不經，昏庸無道……

天下人的眼都瞎了吧？

這男人怕是在賭坊見著她起便對她動了心思了。

她費盡心思夜探刺史府，哪那麼湊巧便遇上個用毒手段高明的丫鬟？那丫鬟是那青衣公子的侍女，那青衣公子顯然和步惜歡是一條船上的。事情已經很明瞭了，她扮作工匠進入刺史府的時候便在他們的網裡了。汴州刺史是他的人，他要查她的行蹤易如反掌。那夜他放她離開刺史府，定是知道陳有良不會告訴她凶手是誰，他看著她處處碰壁，看著她費盡心思躲藏，直到她費盡心思入宮，卻再次撞入他的網中。

勢單力薄是何等無奈，他讓她體會了個透徹。

她只是想為爹報仇，從不想為誰所用，卻終究還是要為人所用？

哼！

暮青垂著眸，池水波光映著少年的臉，明明滅滅裡望不見眸底真色。半晌，她抬頭，似下了決意，「好！成交！」

步惜歡望進她眸裡，瞧她眸色不似作假，卻笑問：「這回不會誆朕了吧？」

「只要陛下給的提示不敷衍人。」暮青冷哼一聲，轉身便出了池子，出水時九龍臺前燭火映見少年眸底，恍惚有異色一躍。

她衣衫溼了半身，玉臺上拖出一道水影，步惜歡興味地瞧著她，見她仍未有女子的羞澀，只在池邊淡定掃了眼，見東南角上放了兩套乾衣。

暮青走過去，見兩套都是月色華袍，其中一件繡了龍紋，旁邊一件繡了青竹。她拿了那套青竹的，轉身問：「何處更衣？」

步惜歡在池子裡笑，「朕面前就可。」

暮青聞言，拿著衣裳便下了九龍臺，留給他一道走得乾脆的背影。

暮青從九龍臺上下來，在殿中看了一圈，見後頭有一偏殿，便走了進去。只見殿中華帳九重，行至九重帳後，見龍床四角置了翠瓶繁花，淺香襲人。她放了龍帳，換了衣衫，打開簾子出來時一愣，見步惜歡倚在殿門處。

男子紅袍溼盡卻未換下，只肩頭披了那件月色龍袍，烏髮散著，水氣薰薰，玉帶鬆緩，燭影裡胸前一線玉色春光。

男子看人帶了春倦懶意，見她從龍帳裡走出便對她笑，「愛妃果真心急，朕未出浴，愛妃便自暖了龍床。」

暮青一見他這模樣便掃了眼偏殿明窗，知窗外定然有人窺聽。但她懶得配合他演那恩愛戲，寒著臉便道：「啟奏陛下，臣今夜身子不爽，不能侍寢，請陛下自去尋其他美人。」

步惜歡聞言挑眉，笑勝春花，「哦？莫非愛妃信期至了？」

暮青臉不紅氣不喘，「臣是男子，沒有信期。」

「那愛妃是……」

「臣，蛋疼！」

少年聲音萬般清澈，一張冷臉對帝顏，言罷啪一甩袖，進了龍帳！

龍帳掀了又放下，掃出一道厲風，呼呼颳了殿中燭火，燭光忽明忽暗，映得殿門口男子的容顏忽陰忽晴。待龍帳裡靜了，男子還倚門未動，遠遠瞧去，似貼在殿門上一幅美妙門畫。

啪！

殿外一聲忽來碎音。

「何人？」帝王開了口，聲音頗沉。

稍時，殿門開了，內廷總管太監范通進來稟道：「啟稟陛下，殿外齊美人宮中內侍奉了參茶來，奴才讓他在外頭候著，方才是他不慎打翻了茶盞。」

「杖斃！」帝王的聲音透殿而出，夏夜裡生了涼意。

「那齊美人……」

「冷宮。」帝王懶下了旨意，往龍帳緩步而去，殿裡紅袍施一路水影，燭光裡如血。

范通垂著眼皮子，似這等旨意傳習慣了，道一聲遵旨便出了大殿。殿外傳旨聲夜裡如老鴉寒喋，小太監未驚起一聲，便只聽嗚嗚咽咽似被人堵了嘴，一路拖遠了。

步惜歡掀了龍帳進來，見暮青已和衣而臥，有人進來竟絲毫未覺，已睡熟了般。

宮燭照，華帳影映了少年衣，綽綽芳華。那芳華，纖柔不勝春，一望便知是佳人。

男子垂眸低低一笑，「愛妃身子不爽，可需朕宣御醫？」

暮青翻身坐起來，目光清明，果真未睡，「刺史府的案子何時再查？」

與其與他說些無關痛癢的磨嘴皮話，不如談正事。

步惜歡眉一挑，窗外窺聽的人沒了，他便卸下了那副媚色含春的樣兒，換一副懶散神色，道：「出宮需夜裡。」

「此時就是夜裡。」暮青下了龍床，快些辦完刺史府的案子，她才好查爹的案子。

步惜歡卻沒那麼急，「明晚再說吧，今夜且歇息。」

言罷，他便出了龍帳，在帳外一張梨花矮榻上臥了。

這榻應是晚間給侍寢後的男妃睡的，方便一早起來侍候梳洗。暮青睡了龍床，步惜歡竟沒提醒她，自去帳外臥了。

暮青愣在帳子裡，宮中眼線多，她還以為今夜少不得要陪他演場戲。演戲，這便是她今夜得見步惜歡後的印象。

天下間傳聞他荒誕不經，昏庸無道，在她看來全然不是如此。

當初在刺史府，她當眾驗屍，他曾多次詢問她，對驗屍手法頗感興趣。仵作在大興乃賤役，尋常百姓都不願為，何況士族權貴？他能屏棄舊念，已是頗為開明。

刺史府中放她走，後又派人尋她，叫她知道勢單力薄處處碰壁的無奈。今夜她自投羅網，他又以爹的事為餌引她為他所用，此人分明心中住有乾坤，城府頗深。

今夜窗外有人窺聽時，他那一副縱情聲色的模樣分明是在演戲，別人看不出，她卻瞧得出。

明明有明君之能，為何要以昏庸無道示人？

暮青望著放下的龍帳，忽然覺得自己想得有些多，她只是要為爹報仇，其他的事想來也無用。

他不需她陪他演戲演全套，那更好，省得她被占了便宜。

暮青回身重新和衣躺下，袖口一壓，壓一把薄刀在掌下，這才淺淺闔眸。

帳外，男子懶臥，似人間落了一團紅雲在榻裡，他含笑，亦望那龍帳，似能想像此刻那帳內，少女一副戒備模樣。

說她膽子大，她袖中那刀時刻不離身，似隨時都要暴起傷人。

說她膽子小，她睡他的龍床竟睡得毫無惶恐。

這性子真是……

男子搖頭一笑，周身若騰起層雲，他懶懶將眸闔上，烏髮紅袍竟無風自舞，片刻工夫，那袍那髮竟都乾了去。

夜裡暮青睡得淺，天未明便醒來，出了帳子一瞧，步惜歡竟不在了殿中。有宮女太監進得殿中傳旨，見暮青自龍床下來，皆有幾分驚詫。陛下雖常召公子們侍浴，但從不召新進宮的公子，其中緣由宮人們難以揣度，卻知此乃行宮慣例。新公子們從美人司裡入宮前都是沐浴更衣過的，且侍寢並不在此殿，而是在合歡殿旁的西配殿。此殿乃陛下沐浴後淺歇之所，未曾有公子留夜過。且即便是西配殿，公子們侍寢後都是要各歸各殿的，陛下少有留人侍夜的時候，便是哪日龍顏大悅留了人，公子們也是歇在龍帳外的矮榻上，不曾見過有睡一夜龍床的。

這位周美人昨夜一破便是三例，如今還有一例要破。

「傳陛下口諭，美人且暫居合歡殿後殿，日後便由美人專司侍浴之事。」眾宮人笑容妍麗，那笑容分外訴說著幾分恭喜。

暮青只淡然頷首，新入宮侍駕，宮人們一早來恭喜應是常例。她未曾將宮人們的喜色放在心上，用過早膳便要了本醫書來，一瞧便是一日。

晚上等到三更時分，步惜歡還沒來，她以為他有事不來了，便自去帳中睡了。

暮青和衣躺下，睡得頗淺，半夢半醒間忽覺身後帳風微涼。她倏地睜眼，翻身下床只在一瞬，手中寒光向著身後一刺！那寒光卻莫名從手中飛出，落了來人手中。

聽那人低笑：「愛妃此舉是要刺駕？」

笑聲落，暮青已看清來人，不覺面色鬆了鬆。

步惜歡將刀遞還給她，牽著她的手便往帳外走，「隨朕出宮。」

暮青想甩袖避開，腕間又覺寒絲潛入，只得由步惜歡牽著出了後殿，上了九龍浴臺。暮青見他說出宮，卻上了浴臺，眉頭皺得又緊了些，「陛下有潔癖不如放開臣。」

步惜歡低頭，見暮青垂了眼皮子，道：「臣驗屍，手上染著屍氣，怕過給陛下。陛下如此潔癖，怕在池子裡泡得發白了也未必洗得盡。」

話聽著是為他著想，其實就是嫌棄他牽著她吧？

步惜歡一笑，不以為忤，牽著暮青來到池邊一戲泉的龍頭前，在一邊翠色龍目處一按，池中水忽然急洩而去，現出那玉池裡十尺見方的一處暗道。

步惜歡牽著暮青便走了下去。

第五章

深夜開棺

暗道深廣，牆面燈燭照著，見腳下青石為道，四通八達，暮青隨著步惜歡左轉右繞，只覺如置身迷宮，他卻熟門熟路地領著她行了半刻鐘，出來時在一間舊殿中。

殿內未掌燈燭，僅聞著那股子溼潮氣便知已許久未住人。兩人出得殿來，見月色照著院中雜草，宮牆殘舊，應是行宮中一處偏僻地兒。

暮青正瞧著宮殿，忽覺手腕一鬆，步惜歡放開了她。她毫不掩飾地退後，離他遠一點，步子剛退，腰間便環來一臂。

暮青臉色頓寒，聽耳邊男子道：「隨朕來！」

話音落，宮牆忽矮。暮青低頭，見曉月映宮樹，抬頭，見星河照宮城，身旁淺淡衣香入了鼻端，似那枝隙裡掠過的清風。暮青轉頭，見男子半邊容顏在那月色星河裡，望一眼，忽覺星河爛漫。

這人果真一副好皮相。

暮青頭一回見識輕功，心底的驚詫澎湃也不過片刻，注意力便被四周掠過的樹影吸引了去。那處舊殿已在宮牆邊，越過宮牆便到了行宮外，外頭並非青石輦道，也不見汴河城，而是一處林子，似一座秀山。山中闢了石路，沿路輕行，半山腰處現一處平地，遠遠的便見到火把叢叢，有人已在山中等。

不是要去刺史府？

此處又是何地？

正疑惑，暮青已被帶入那空地上，腳一踩在實處，她便離步惜歡遠了幾步。男子瞧了她一眼，仍不以為忤，負手往空地深處走去。

「好了？」山林裡，男子語氣漫不經心。

幾名舉著火把的黑衣人恭敬跪了，道：「已遵主上令，棺木抬出來了。」

「嗯。」步惜歡懶應了聲，回身瞧暮青。

暮青尚立在遠處，步惜歡與那些黑衣人一來一往說話間，她已瞧過空地。這處空地遠看不大，近處一瞧倒占地頗廣，地上鋪著青石磚，一塊塊石碑立得高大平整，竟是處陵園。

暮青走過去，見一處墓地已被挖開，石磚泥土堆在一旁，一道梓木華棺靜置著，棺上尚有溼土。

「誰的？」她問步惜歡。

「柳妃。」

暮青不知柳妃是誰，但心裡不知為何一跳，緊緊盯住步惜歡。火把的明光照著男子的臉，聽他道：「朕答應過妳，允妳查妳爹的案子。」

爹的案子……柳妃……

當初死的那位娘娘？

暮青倏地轉頭盯住那棺木，清月掛在樹梢，疏疏落一棺斑駁，風裡微腥的潮氣。那潮氣不知是否薰了少年的眼，火光照著，眼底生了細細血絲。

她轉頭望那紅衣男子，眸中說不清道不明的情緒。

她還以為今夜是去刺史府。

刺史府那案子凶手是誰，死者書桌上丟的那封書信寫著什麼，此二事對步惜歡來說定然十分重要！他說，她替他辦一件事，他便提供一條線索給她查殺爹的凶手。她還以為他會先讓她替他辦事。

少年望著男子，一個轉頭的姿勢，月影裡身形單薄，那素來清冷的眸底忽有星辰落下，剎那明光耀眼。

「不驗？」步惜歡瞧著她，「或者，妳只需要看看妳爹驗屍的屍單？朕帶著。」

「屍單?」少年目光忽有震動,見男子手腕一轉,自袖下翻來一張著了墨跡的紙在掌心,送來面前。

暮青望著那紙,那紙疊著,夜風吹起一角,墨跡糊了她的眼。這是爹留下來的……

離開古水縣時,她未曾想過會與爹天人永隔,家中東西她都未帶在身上。後來爹葬了,古水縣有知縣和沈府在等著要她的命,家中回不去,她身上一件爹的遺物也沒有,沒想到今夜會見到。

爹是因驗柳妃的屍死的,今夜卻叫她見到這張爹親手寫的屍單。即便上天再許她一世,她也未曾信過冥冥之中天註定,但今夜,她忽然便信了!

不知何時將這屍單接到手中的,暮青捏著,指尖發了白,卻忽然將掌心一握,將屍單收進了袖中。她未看,只轉身,衣袖夜風裡掃出凌厲,望那棺木,道:「驗!」

爹驗過,她也要再驗!

倒要看看這柳妃是怎麼死的,倒要看看爹是為了何事被滅口的!

步惜歡望了一名黑衣人一眼,那人轉身,捧來幾樣東西給暮青,暮青一瞧，竟是外衣、口罩、手套，原來東西都已經給她備好了。她見黑衣人們都戴著面罩，只有步惜歡面上什麼也沒覆，便道：「開棺時你離遠些。」

男子一笑，「朕可屏息。」

暮青一愣，想起他內力深厚，自不懼屍氣。她這才未再多言，自己穿戴好，對棺木旁舉著火把圍著的幾名黑衣人點點頭，道：「勞煩。」

只有一名黑衣人往前走了一步，其他人舉著火把動也未動。那上前的人抬掌，落掌，往棺木一側一拍！

啪！

夜裡忽起一道黑風，呼嘯空中一捲，樹梢齊斷，落葉紛紛如雨隨那狂風往林中一撲！那黑衣人運步飛身，夜裡一道黑影，追上那黑風腳尖一點，那黑風忽地往地上一砸！黑衣人落下，出手一提，只聽啪一聲響，那黑風穩穩立住，定睛一瞧，竟是那梓木棺的棺蓋！

那棺蓋被一掌擊飛時，棺裡忽起撲鼻腐臭氣，暮青立得遠，戴著口罩也同樣屏息，山風吹了好一陣兒，棺內屍氣散了些，她才走上前去。

月色照進棺內，棺內躺著具女屍，身著二品宮妃朝冠，絳紫雲鳳朝服，珊瑚朝珠，東珠手釧，寶瓶、寶珠、金飾、彩錦，置了滿棺。卻無人一眼看見那些奢華陪葬，目光只落在那女屍臉上。

那女屍，臉色月下慘綠，七竅竟流著暗紅的血水，臉和腹部已有些鼓，脖頸兩側已腐化成了黏黏的血肉。月色照著，夜風吹來，林子裡忽覺詭氣森森！

火把映著幾名黑衣人驚異的眼神，人都死了快一個月了，怎麼七竅還在流血……

「屍體腐敗的時候，腐敗氣體進入血管，會催動血水從口鼻腔裡流出。原本無事，方才開棺時震的。」暮青開口道。

柳妃死了快一個月了，江南溼熱，又是夏時，腐敗速度慢了這麼多，大抵是因葬在梓木棺中的關係。梓木天然防腐，尋常葬在其中，屍身三、五年才會化骨。柳妃死後定非立刻下葬的，爹從古水縣到汴河城需半日，屍身大熱天兒裡放著，到入棺時應該還是腐了些，這才造成了即便在梓木棺中仍舊腐敗了。

「屍身脖頸處有差別分解的情況，推斷頸部受到過襲擊，至於是否屬於致命傷，暫看不出來，屍身腐得太嚴重了。」暮青望著棺內道。

「即是無法驗了？」步惜歡挑眉，眸中仍有亮色。顯然，他看過那張屍單，與暮青的推測差不離。

「有法！」暮青回頭，眸在夜色裡也有些亮，「但要看陛下捨不捨得了。」

步惜歡聞言一愣，眉挑得更高，「妳待如何？」

暮青沉默了一會兒，這法子，感情上少有人能接受。但為了驗屍，必須得這麼做，法醫就是幹這種活兒的。

「我需要一口鍋，最好大一點。」

這話在深夜林中聽著怎麼都有點詭。

棺木前，舉著火把的一排黑衣人蒙著面，看不清神色，卻有幾道目光刷刷朝暮青飄過來。

「鍋。」步惜歡定定瞧著暮青，話卻不帶疑問，似憑這字眼兒猜出她要做何事並不費力。

「沒錯。」暮青看一眼棺內，簡潔丟出驗屍方案——「煮屍，驗骨！」

煮屍……

棺木前，數道目光又將暮青刷了幾刷。

暮青感受到，聳聳肩。她知道，這在感情上很難有人能接受，尤其在並不流行開棺驗屍的古代。

古代是不流行開棺驗屍的，身體髮膚，受之父母，不敢毀傷，孝之始也。大興以孝治國，民間遇喪事有水漿不入口、三日不舉火的習俗。即父輩過世，孝子要毀衣赤足，痛哭不止，三天裡不吃不喝，不起火燒飯，直到三日後親人復生的希望破滅，才可入棺，舉行喪葬之禮。

在這等倫理道德的標準下，損毀屍體是要判重刑的。

大興有律——凡以焚燒、肢解等手段殘害屍體的，以鬥殺罪減一等論處，即流放三千里！若僅損傷屍體，要以鬥殺罪減二等論處，即徒三年！若殘害、遺棄的是尊親的屍身，則要以鬥殺重罪論處，判斬首死刑！

莫說這些，便是百姓在田間地頭耕作，發現無名屍身不予報官或埋葬，隨意棄之不理的，都要徒兩年。路邊走著走著，發現一具遺屍，移動一下都是不道的重罪。

暮青三歲隨爹去義莊驗屍，至今十三年，遇到的高度腐敗的屍身大多是殺人拋屍，沒有一具已經入殮安葬的屍身重新開棺的。哪怕知道親人的死有蹊蹺，也沒有苦主願意開棺，百姓認為那是對死者的不敬。

今夜，步惜歡肯開了柳妃的棺木給她驗，她已經很驚訝了，煮屍估計他難以接受。

果然，他問：「沒有別的法子了？」

「有。」暮青瞧一眼棺蓋，「棺不蓋上，就這麼露天敞著，讓蠅蛆蟻蟲把屍身吃乾淨，待只剩下骨架再驗。」

好吧，她承認，這個方法聽起來似乎不比煮屍容易接受多少，而且她也不想用這方法。

「這法子太耗時了，還是直接放在鍋裡煮一晚比較快，把腐肉煮去，上面的軟組織刷刷乾淨就有骨可驗了。」

夏夜的風忽覺有些涼，棺木旁，一排黑衣人的目光都快把暮青刷乾淨了。

「皮肉盡去，骨有何可驗的？」步惜歡瞧著她，表情有些古怪。

「屍體的皮膚是有欺騙性的，但骨頭不會說謊。死前一些傷，在骨上是會顯現出來的。」暮青道。

高度腐敗的屍身和白骨無法驗看，很多仵作都這樣認為。暮青記得她初隨爹去義莊時，遇著高度腐敗和白骨化的屍身，爹都是以「無憑驗看」的屍單遞交衙門。她起初震驚，後來得知大興尚保有屠戶混混驗屍的律例，便知仵作這一行的水準有多落後。仵作驗屍，因不能解剖屍身，驗屍本就不完善，一些驗屍古法還存在著不少錯誤。像當初在趙家村，那趙屠子驗吊死的人竟根據舌頭有沒有吐出口外來驗，實是害人不淺。

她幼時，為將爹引上驗屍的正途，沒少花心思。後來，暮家父女在江南仵作一行頗富盛名，也是因在驗無名屍骨一道上頗有手段。

「這具屍體已經膨脹了，頸部軟組織已經分解，很難看出致死原因。我不敢保證她的骨上一定會留有傷痕，但既然開棺，我一定要驗個徹底！」

爹是為了驗這具屍身而死的，她一定要親手驗一遍這屍身，倒要看看她是怎麼死的！

步惜歡瞧著暮青堅定的眸，她剛才還在詢問他的意思，現在就表明他反對也沒用，她一定要驗。他不由垂眸，眸底帶些笑意，負手回身道：「去備。」

兩名黑衣人縱身消失在林中，暮青反倒愣了，沒想到他這麼容易便答應了。

步惜歡走來棺木前，目光落在棺中，暮青這才發現開棺後他一直沒有近棺。火把照著男子的臉，那容顏分明如落珠輝，眸底卻似有幽暗低潛。

暮青見了，眼底有疑惑神色。開棺，驗骨，柳妃若是他所愛，他定不會如此輕易便答應，半點痛苦掙扎的神色都沒有。可若不是，為何此時才近棺，又露出這副神色？

「你可以不看。」她道。

她的聲音似驚醒了男子，他明顯一愣，抬眸時神色清明了幾分，隨即淺淡一笑，當真轉身走開，負手立於林邊，遠望山色，不再看棺中情形了。

那兩名黑衣人來去頗快，此處陵園離行宮近，兩人定是去行宮中偷了口鍋出來，背後還背著兩大捆柴禾。那鍋放在地上，鍋口有兩人粗，深如大缸，上頭有個木蓋子，打開一看，裡面已經盛了大半鍋水。

生火，架鍋，燒水，兩名黑衣人做得俐落，但做完這些事，剩下的他們就幫不上忙了。

暮青也不用他們幫忙，自己走去棺邊，將朝冠除下，陪葬品全都拿了出來，但朝服很難脫下，因為柳妃的屍身已高度腐敗，有些地方已經開始自融，她一拿，屍身的手腳便軟塌塌地掉了下來。

夜涼如水，少年捧著一隻女屍的手臂往鍋邊走，那素香緯錦的衣袖月色裡渡開幾枝蘭，身後一望清冷卓絕，身前一瞧詭氣森森。

鍋雖深，但一具屍體無法一次煮完，暮青只得分批來，頭顱、雙手、雙腳……她在棺木與鍋之間來來去去，數道目光隨著她來來去去。夏夜風吹，林深颯颯，火把舉著，驅不散背後涼意。

風吹來，有點冷。

當暮青忙完第一批，她將木蓋蓋上，坐在了鍋邊空地上。

步惜歡走過來，坐在了她旁邊。

暮青往旁邊挪了挪，離男子遠了些。此舉雖是嫌棄，卻也是習慣使然。驗屍時，尤其是高度腐敗的屍身，她會習慣離人遠一些，因為少有人能聞得慣這味道。以前就連同事都會在這種時候離她們法醫部門的人遠一些，久而久之，她習慣了自動遠離。

少年抱膝坐著，目光望著遠處林子，男子轉頭瞧著她，眸底有些淺淺笑意。她以為他看不出來？她雖離他遠了些，但故意擇了下風向。

到底是女子，還是在意身上有那枯骨爛腸的味兒的。

「既如此，何必走這條路？」男子定望著她，懶懶問。

暮青回過頭來，過了會兒才明白男子在說什麼，她面色頓時有些冷，沉默了一會兒才道：「陛下聽過一句話嗎？凡獄事莫重於大辟，大辟莫重於初情，初情莫重於檢驗。蓋死生出入之權輿，幽枉屈伸之機括，於是乎決。」

此話乃南宋著名的法醫學家宋慈之言，暮青一直奉為良言，每當驗屍，想起此言，從不敢允許自己輕忽大意。

「仵作雖賤役，但一案之曲直，死者之冤屈，嫌犯之生死，莫不在仵作手中。陛下可以嗤之以鼻，說一案之曲直自有衙署斷，嫌犯之生死自有刑曹定，何時輪得到一個仵作？可每發了案子，遇見屍身，衙役公差莫不離得遠遠的，視屍氣為晦，視驗屍為賤，拿什麼來指望他們斷案緝凶？拿錯了一個凶手，便是兩樁冤案。陛下可以瞧不上這區區兩樁冤案，幾樁冤案於陛下的天下江山比渺若微塵，可於死者、於那被冤為凶手的人來說便是性命生死，天下江山也比不得！」

夜深沉，少年清音比山風，字字鏗鏘，一口鍋前論天下江山。身旁男子望著她，一個轉頭的姿勢，卻不知何時坐直了身子，褪了眸中慵懶，換瀚海般深沉。

「人生在世，總有理想，販夫走卒，帝王將相。就像每個帝王都希望能成為明君一樣，只願我能不負一生所學，求一世天下無冤。」暮青望著山林遠處，她知道，她這一生所求大抵只能是豪言了。身在封建王朝，女子不能為官，即便為官，總有些想一開口便翻覆公理的貴人，公理？難！

身旁久無聲音，卻總有一道目光定凝著她，深沉，懾人，探究，審視。半晌，聽那人問：「妳覺得，朕有一日也能成明君？」

暮青回過頭來，目光有些愣，語氣有些不解：「陛下本來就是明君。」就像今晚，他本可以帶她去刺史府，卻帶她來驗柳妃的屍。一個能先臣子後君王的人，是深諳御下之道的聰明人。再加上之前她所看到的，開明，識人善用，胸有乾坤——雖不知他為何以昏君之相示人，但他本是明君。

男子忽然一愣住，山風摧著那華袖，震動莫名。那眸底，剎那間褪了深沉，褪了懾人，褪了探究，亦褪了審視，不見慵懶，不見春意，只見星辰漫了眸，溫柔遮了天。

面前鍋裡咕嘟咕嘟作響，暮青起身打開蓋子去瞧，找了根棍子翻動，未在意身後男子落在她身上的目光。她只抬頭瞧了瞧夜色，看這鍋中情形，預計清早便有骨可驗了。

半夜時分，第一鍋屍骨煮好了。

暮青讓人停了火，蓋子放在一旁，等鍋中水冷骨涼。月色照進鍋裡，鍋中騰騰冒著熱氣，聞著就像用夏天放臭了的肉熬煮了一鍋湯，那氣味令人難忘。

暮青早已習慣，轉過身來見步惜歡還坐在原地，沒望著那鍋，只望著她。山風吹著鍋中熱氣飄向她，她隔著蒸騰的熱氣看男子，有些看不真切他的容顏，只道：「陛下請去別處坐著，一會兒要鍋中取骨，看過這場面的人大多以後都不願再喝肉骨湯。御膳房的廚子少了道菜色進上，會惶恐的。」

這話聽著是為他著想，其實就是在拐彎抹角地罵他難侍候吧？

步惜歡低笑，見暮青要坐下，那鍋中熱氣撲向她，幾乎要將那單薄的身子吞了。他不覺微微蹙眉，忽然拍了身旁另一側道：「來這邊坐。」

暮青一愣，步惜歡已起身，牽了她的手便往上風向走。暮青手不覺一縮，她不習慣被人碰觸，尤其在驗屍的時候。她戴的手套是素布的，屍身放進鍋中後她便將手套摘了，但手上還是沾了些屍體分解時的腐敗液體，那味道尋常人難以接受，男子卻眉頭都沒皺，似乎這一會兒便聞慣了腐屍氣味，在她還愣神的時候已將她牽去了上風向，兩人並排坐下。

聽男子道：「世間路雖難行，但今夜妳面前不過一口鍋，能往上風向坐時，別總坐去下風向。」

暮青轉頭，聽這話裡似有深意，卻見步惜歡望向遠處那棺木，山風高起，過了樹梢，火把上的零星火星亮了又灰飛，男子聲音別樣低沉：「棺中景象多年前瞧見過了，鍋中取骨倒沒見過，瞧瞧也無妨。」

暮青不解，棺中景象多年前瞧過？可他是帝王之身，何人棺中之景會讓他瞧見？

步惜歡卻沒有再開口，暮青也不是多話的人，兩人並肩坐著，看柴火漸冷，看鍋中熱氣漸淡。

熱氣散盡，暮青起身，將外衣一脫鋪在地上，衣袖挽起，手套戴上，來到鍋邊將手伸了進去。

步惜歡沒起身，如他所言一般，瞧著了。

暮青先捧出一顆頭骨，那骨月色裡泛著冷輝，卻因水未冷透散著薄薄熱氣，眼眶處掛著快腐肉似的東西，暮青一晃，那東西軟軟滑進鍋裡，她瞧也沒多瞧一眼，只對著月色轉著那頭骨瞧了瞧，這才放去地上鋪著的外衣上。那頭骨朝上放好後，她才回身又從鍋裡撈出一根長骨來，看那長度，似人的大腿骨，那骨煮的時辰不短了，上頭竟還殘留著些軟組織，她將那骨也放在那件外衣上，離頭骨有些遠，之後又去鍋中撈。

空地上，幾名黑衣人舉著火把，目光隨著暮青手中的屍骨來來去去，地上坐著的男子目光也隨著她來來去去，卻不知何時落在了她手臂上。

她衣袖挽著，露一截手臂，火光照著，寒玉為肌，暖輝層渡，手裡捧著屍骨，那屍骨卻沒有那手臂扎他的眼。

男子的目光深了幾許，定定望著那手臂竟不知瞧了多久，待醒過神來時，暮青已將鍋中屍骨撈完，將棺中剩下的屍骨抱進鍋中，蓋了蓋子，讓人生了火繼續煮屍，自己蹲去一邊清理那些剛撈出來的骨頭。

那些骨上還帶著些軟組織，暮青手中沒帶刷子，只好去林中採了些草根，回來撕了塊衣物布料包了，輕輕擦拭。雖然不怎麼好用，但聊勝於無。

如此，清理速度便慢了不少，待將第一鍋屍骨都清理出來，沒等太久第二鍋便煮好了。待水涼些後，暮青又開始在鍋邊忙碌，月影西斜，火把漸熄，天色將明的時候，地上鋪開一具人骨架子。

那人骨架子靜靜躺在山風裡，黎明前最黑暗的時分，白森森。

少年立在那人骨前，低頭靜望，身後男子懶坐在地，滿載一袖山風，衣袖如雲，鋪一地楓紅。

「好了？」步惜歡見暮青久不動，懶懶問了句。

暮青回身，沒理他，走到鍋旁對幾名黑衣人道：「來兩個人，把鍋中水倒一倒。」

那兩名去拿鍋的黑衣人上前，依暮青所言，將鍋抬去林邊，慢慢將水往外倒。鍋中水倒出去，底下漸現一些腐肉和零散的猶如石塊般的小骨頭。那鍋底，看起來就像是一鍋肉骨湯喝見了底兒，底下剩一些碎骨渣子和肉沫。

怪不得她會說看過這場面的人以後會不想再喝肉骨湯……

撈骨的時候，因鍋中水深，一些腕骨、指骨和趾骨等散落在裡面沒拿出來，暮青這時才拾出來，來到那副骨架前繼續拼。步惜歡起身來到她身邊，見她手中捧著一堆形狀不規則的骨頭，若不細看，這些骨頭扔進林子裡，年月久了，大抵要跟地上的石子兒沒多大區別，她卻拼得速度奇快，彷彿這等事情做過無數遍，似排棋布陣一般，乾脆拿，俐落放，起起落落間那骨架的手腕、雙手和雙腳已拼罷了。

步惜歡眸底露出疑惑，古水縣乃小縣，一年能有多少化作白骨的屍身送去義莊，練出她這熟練的手法？

正疑惑，見暮青低著頭，盯著掌中最後三塊骨頭，不再動作了。

「怎麼？」步惜歡問。

「人是被勒死的！」暮青沒回身，這結論卻令步惜歡挑了眉，眸底有亮色浮現。

「怎知？」他是看過屍單的，自然知道人是如何死的。只未曾想到，屍身腐了，她驗骨還真能驗出人是如何死的？

暮青回身，將手中三塊骨頭拼在了一起，連做一個蹄鐵形，道：「舌骨斷了。這骨位於頸前部，位於舌和喉之間，由於很薄，構造很脆弱，人在被勒住時，舌骨常會斷裂。雖然有人的舌骨永遠不會化為單一的弧形骨塊，但這塊的大角處有很明顯的線形骨折痕跡，斷得很明顯！」

暮青忽然抬眸，眸底的亮光晃了人的眼，「凶手可能不會武，至少不是你們這等內功高手！」

步惜歡挑眉，見她忽然轉頭，看向離她最近的一名黑衣人，問：「如果你殺一個人，不用刀劍，而是選擇徒手掐死她，你會怎麼做？」

那黑衣人不答，望向步惜歡，待見他點頭後，他才道：「擰斷脖子。」

暮青點點頭，「那就是了。這是人的邏輯思維選擇，當有簡單省力的方法時，很少有人會選擇費力的方法。高手殺人很少會費力去掐死一個人，除非他與被害者有深仇大恨，或者一時憤怒失了心智，這才狠掐著人不放，直到把人掐死。可是……」

她略一沉吟，問步惜歡：「柳妃死的時候在哪裡？什麼時辰？」

「朕的龍船上，你爹推斷的時辰在亥時到子時。」

「龍船上侍衛定然不少，又是夜深人靜的時辰，她的掙扎會引來宮女太監或者侍衛，稍有點腦子的人就不會選擇這種費時費力的方法殺人。」暮青沉吟一會兒，臉上有些疑色，問步惜歡道：「時辰再晚，她身邊也該有宮女太監吧？人呢？」

步惜歡聞言，眸底現出深色，脣邊噙起的笑意淡淡嘲諷，「她沒死在自己屋裡，而是在船上一間空屋裡，身邊的人都被她遣出去了。」
嗯？
暮青蹙了眉。
「那些被她遣出去的人呢？我想見見。」
步惜歡脣邊笑意嘲諷更深，懶懶道：「見不著了，人都死了。不是朕殺的，是太皇太后下的旨意。太皇太后責柳妃身邊的人服侍不周，致柳妃為刺客所害，除了她身邊服侍的宮女太監，還杖殺了兩個當夜值守的侍衛。」
暮青皺了眉頭，「柳妃死了也就一個月，消息從汴河傳至盛京，旨意再從盛京傳回來，時間夠？」
「八百里加急，汴河至盛京走一趟只需十日。妳進宮前兩日，懿旨便到了行宮。」
暮青眉頭皺得更緊，「八百里加急？」
步惜歡六歲登基，至今無子嗣，傳聞他十五歲好上男風後便沒再納過宮妃，太皇太后為此勞心動怒，奈何步惜歡性情荒誕不經，盛京宮中的妃嬪，太后年年賜，人年年死，聽聞都是受不住帝王的喜怒無常荒淫無道，生生被折磨死的。帝駕今年來盛京前，太皇太后又賜了位宮妃，便是柳妃。

柳妃不負太皇太后所望，一朝得了帝寵，隨駕前來汴河遊玩。太皇太后將延綿龍嗣的期望落在柳妃身上，未曾想人一到汴河便死在了龍船上。

太皇太后為此震怒，要責難宮人，這本在情理之中。可懿旨需不需要八百里加急下往行宮？若懿旨急下是為了督促緝拿刺客的，倒還能叫人理解，可下一道懿旨來就為了殺人？

宮女侍衛都被怒殺，案子的蛛絲馬跡還有法查嗎？

暮青並不知道十八年前上元宮變的細情，她只聽爹說過，娘的母家當時是盛京士族門第，鐘鳴鼎食之家，一朝傾覆，男丁皆被誅殺，女眷落為官奴，娘從士族千金落入奴籍，被發配來古水縣，險成了知縣後院的賤妾。娘對當年之事所提甚少，爹一介仵作，身在江南小縣，對朝中之事所知亦少，他所知的也就比天下間的傳聞多那麼一點兒。

天下事，朝中事，暮青一直覺得離她與爹的生活甚遠，因此一直懶得問，今日倒有些後悔，她只能根據從爹那裡聽來的一點點當年事來推測了。

傳聞當年先帝駕崩那夜，左相元家聯合大興屬國南圖發動宮變，以弒君之名斬三王、七王於宮宴，血洗宮城。太皇太后當時身在冷宮，宮變之後便自冷宮出來，主持宮中大局。當時，先帝膝下皇子雖只剩五王、六王，太皇太后膝下無子，便將六王嫡子召至宮中，撫養於膝下，力保其登基為帝。

當年時局，先帝尚有一姊一弟在，瞧著元家從宮變到把持朝局是水到渠成之事，實則暗流湧動阻力不小。太皇太后能在這等局勢之下穩坐宮中，並挑了個先帝的孫輩，年僅六歲便保其登基為帝，並讓元家輔政至今，其心思手腕定非尋常女子。

既如此，柳妃死了，太皇太后當真會怒到不問刺客，只一道懿旨殺了宮人侍衛出氣？

暮青不信，這道懿旨怎麼瞧都有問題！她瞧向步惜歡，他就這麼讓太皇太后把人都殺了？

但隨即她便明白了，他是知道殺她爹的元凶是誰的，也可能知道柳妃的死是誰所為。既然知道，那些宮人侍衛留不留對他來說都無所謂，但對她來說，這些人死了就等於線索斷了。

暮青轉身，望一眼地上的屍骨。費了一夜將屍骨處理出來，她還打算看看今日天氣，若是天氣好便蒸骨驗傷，看看柳妃死前有無嚴重撞傷。若有，再將附近值守的侍衛或宮人尋來問問當夜有無聽到或看到什麼，許能看出有嫌疑的人來。可如今，人都死了，線索斷了，一晚的忙碌只得了這麼點結果。

看了眼手中斷成三截的舌骨，暮青蹲下身，將骨合在一起歸位，隨即她便細細查看起了那些骨骼。

「還要驗？」步惜歡挑眉問。

「驗！」暮青細細瞧著地上骨骼，頭也沒抬。以往驗屍，也並非一驗就能有結果，線索斷了，重新再驗是常有的事。

她就不信，找不出新的線索！驗完這骨，她想再去龍船上看看。

金烏初升，少年蹲在地上，明知線索已斷，卻偏細細查著面前的骨，彷彿一根一根地數，一根一根地看，便能看出爹沉冤昭雪的路。山林深處漫來金輝，渡到少年背上，忽覺堅毅。

背後，男子望著她，漫不經心的眉宇換了抹沉色。山風拂著那廣袖，袖下手指奪了玉色，緩緩抬起，欲落去少年肩膀。

那肩膀單薄，肩上蘭枝晨光裡如覆著清霜，男子指尖觸上，忽然一顫！

似被那清霜刺了手，他倏地將手收回，低頭，看向自己的指尖。

方才，他想告訴她凶手是誰……

這本是一場交易，她為他所用，他替她指一條尋凶的路。

然而，為何僅一日，他竟險些……

男子定定望住自己的手，玉指浸了寒色，眸底驚起暗湧。

初見她，古水縣官道，他並未將她放在心上。她讓一個水匪替她送信，另一個無用之人竟也留了性命，如此心軟，必難成大器。然而終究錯看了她，刺史府一見，審時度勢，隱忍蟄伏，一舉而發！

女子之身，卻叫他恍惚見到了熟悉的身影——他自己。

所以刺史府中放她走，想瞧瞧她能走出一條怎樣的復仇路來。未曾想她撞進有他的這條路，從那時起便不想再放她走。

江山皇權，步步殺機，他需要她那察言觀色之才為他所用。深宮寂寥，長夜漫漫，十八載春秋寒暑，從來只他一人，頭一回想尋一人相陪。然而，親手尋來的人，不過伴了一日，他竟險些放她走。

終究是那句「本是明君」入了他的心。

貪念也好，利用也罷，他告訴自己，以她的性子，若知凶手是何人定會冒險報仇，像夜探刺史府那般。與其落入他人之手丟了性命，不如陪他行這懸崖之路，待他君臨天下，待她大仇得報。

男子望著那背影，那背影卻忽然回身，晨光裡眸中神色叫他忽然醒過神來，放下袖中的手。

聽她問：「陛下可有寵幸過柳妃？」

他一愣，聽她神色清明地問出這話，心中不知為何有種從未體驗過的情緒，他一時不知那情緒該叫什麼。

「不曾。」他答，心底竟升起淡淡喜悅，期望見到她亦歡喜。

她卻一副理所應當的神色，語氣有些古怪：「柳妃是太皇太后新賜給陛下的？」

「是。」他終於聽出不對勁，「怎麼？」

「可她……分娩過！」

她望著他，那眼神，他看懂了——你被戴綠帽了，陛下。

步惜歡聞言，臉倒是沒綠，只是背襯晨光，顯得那臉格外陰沉些罷了。

暮青把那看起來像是胯部的骨捧了起來，給他看下方，「這裡是恥骨聯合，女子分娩時，這裡會打開，胎兒會從此處娩出。孕後期和分娩時，由於恥骨間的韌帶附著處被拉傷或韌帶嵌入骨質，致使骨面留下永久的凹痕，稱為分娩瘢痕，是女性生育史的典型骨性特徵。」

她把那骨側了個位置，對著晨光給他看那背側邊緣處，果見上面有黃豆粒大小的凹痕，看起來有些粗糙。

「雖然未生育過的女子也有少數會出現這種凹痕，甚至有極少數的男子也有此凹痕，但是這裡有分娩溝。」她指了指手中那耳狀似的人骨，對著晨光，可見一道溝槽，「髂骨耳狀面前下方的這道溝槽，深而寬，邊緣不規則，底部凹凸不平，這是妊娠期間骨質吸收所形成的，叫分娩溝。除此之外，恥骨聯合面上端與骨脊的部位也可見一些形態疤痕，所以我認為她有分娩史的可能性很大。」

恥骨聯合、分娩瘢痕、髂骨耳狀面、分娩溝、骨脊……

步惜歡瞧著暮青，目光裡多了些探究，仵作乃武德年間仁宗在位時定為朝廷吏役的，至今雖已兩百餘年，但因賤籍少有人願為，如今朝中官衙尚有發了大案要從附近州城調用有經驗的仵作驗屍的情況，可見這一行人才甚少。

他……年幼時曾見過仵作，但從未聽過這些說法，總覺得她所說的這些格外陌生。

暮青的眼裡也有探究神色，柳妃生過孩子，那她如何進的宮？

宮中選妃，先將各地官員家中未嫁之女的名單造冊呈入宮中，宮中應會派人到地方上暗查入選之女的德行，德行有虧者是不能進京待選的。入宮前，單驗身一關，其嚴格便非美人司裡可比。聽聞驗身時，待選女子由女官領著入暗室，令其寬衣，摸其胸，探其祕，聞其味，察其膚，完璧之身是必查的一項！

柳妃未婚生子，德行與驗身兩關是如何過的？

先說她家中，她未婚生子，難道家中不知？怎敢將她的名冊報與宮中？

再說宮中，步惜歡因好男風，至今未立后，後宮之事由太皇太后掌著。太皇太后既操心龍嗣，選妃定是後宮頭等大事，她身在後宮多年，深諳宮闈之事，怎會讓選妃出如此大的紕漏？

「柳妃出身如何？」暮青問。

「上陵郡丞之女。」步惜歡垂眸，眸下落一片剪影。

上陵，陵州治下，郡丞乃一城副官，正五品。

一介五品官之女，一入宮便被太后賜給帝王，未得寵幸便封了妃？這事，可真耐人尋味。

昨晚步惜歡肯讓她開棺驗屍，她便瞧出他對柳妃並無喜愛之情，方才他也說未曾寵幸過柳妃。即便他喜愛，也寵幸過，在宮中以柳妃的出身也不可能一朝封妃。那太皇太后為何給柳妃如此大的恩寵？她可知柳妃並非完璧之身？

若知，她怎會將這樣的女子賜給帝王為妃？

若不知，柳妃一死她便下旨急殺了宮人侍衛又是為何？

暮青皺眉，爹的死，怎牽出這許多疑雲來？

疑雲繞在心中，一時解不開，她抬眸，看向步惜歡。男子垂著眸，眼底落一片暗影，山風拂著衣袖，更覺幽靜。

「陛下為何未寵幸柳妃？」暮青忽然問，她總算知道這古怪的感覺來自何處了。

無論太皇太后知不知道柳妃非完璧之身，柳妃自己是清楚的，她就不怕侍寢時被發現？給皇帝戴綠帽子，得有賠上九族的覺悟，何況眼前這位傳聞中喜怒無常，荒淫無道，虐殺宮妃無數。若被他識破，下場定不會善終，柳妃怎敢？

步惜歡聞言抬眸，眸底暗影盡去，卻更覺幽靜，「妳希望朕寵幸柳妃？」

暮青微愣，如果她沒看錯的話，剛才他抬眼時瞳孔微縮，眉毛略微壓了壓，這代表他內心有些不悅，為何不悅？

這跟她希不希望有何關係？她只是在推理案情。

見她這副「你莫名其妙」的模樣，步惜歡自嘲一笑，他也覺得自己莫名其妙，太皇太后將柳妃給他時，她與他根本就不相識，何來希望與否？他轉過身去，心中有些說不清道不明的情緒，半晌，他聲音透過背影傳來，和著山間清風，微微低沉：「不喜。」

但他的答案她並不滿意，「陛下是不喜柳妃，還是不喜後宮所有妃嬪？」

步惜歡轉過身來，那向來懶散的眉宇微蹙。

「換句話問，陛下有多久未寵幸妃嬪了？」暮青盯住他，晨光照著那清亮的眸，格外清澈。

「這跟案子有關？」他聲音又低了幾分，宮中從未有如此清澈的眸，但此刻他有些惱她這般清明。未出閣的女子，說起寵幸來，她倒臉不紅氣不喘。

「有！」暮青點頭，「若陛下常寵幸妃嬪，那我便有些想不通柳妃為何敢入宮，難道就不怕侍寢時被識破？可若陛下久未寵幸妃嬪了，那倒說得通些。但……」

但其實也說不通。

久未寵幸，不代表永遠不會寵幸。柳妃就不怕帝王心血來潮？還有太皇太后，假設她知道柳妃已非完璧之身，難道柳妃就不怕侍寢時事發？

再者，步惜歡六歲登基，至今十八年，如今已二十有四，他可能長久未寵幸妃嬪？

雖然入宮那晚，她看出他的縱情聲色不過是在演戲，但這不代表他沒有正常需求……

她還是有什麼事情沒有想通。

暮青望向步惜歡，等他的答案。此番驗骨牽出的疑雲太多，線索太散，她需要理一理，好知道下一步從哪裡下手查。

步惜歡卻只瞧著她，那目光說不清道不明，只抿脣看她，不答。

他該怎麼告訴她，他從未寵幸過那些宮中女子？

嗯？暮青看他這神情，卻一挑眉，目光落去男子唇上。那唇微粉，晨光裡如山間枝頭落了早櫻，本是好顏色，卻緊閉成一線。

緊閉唇，代表有壓力，不想回答某問題，是有難言之隱的表現。

他為何有難言之隱？她不就是問他多久未寵幸妃嬪了嗎？很難開口？

雄性生來有炫耀能力的心態，動物界中，雄性通過炫耀外貌等來吸引雌性，從而獲得繁衍後代的權利。

演變到人類身上，男性往往會通過此事來證明自己強壯、健康、有力量，彷彿如此便能獲得女性的青睞和認同。所以很多男性樂意談起此事，對此事有難言之隱，無法開口……代表什麼？

暮青一愣，突然想起天下間一個傳聞來——元隆帝貌好若女子，性喜雌伏。

「陛下不舉？」她忽問。

她前夜雖看出步惜歡縱情聲色是在演戲，但這不代表他不好男風。若他在與男妃之事上喜雌伏，在與後宮妃嬪之事上又有難言之隱，最大的可能性不就是不舉？

如此便說得通了！

一個無法寵幸妃嬪的帝王，給他一個非完璧之身的女子，他也不會碰，除非他在侍寢之事上借用工具。但他可能厭惡女子，連碰也不願意碰。

她記得在刺史府閣樓相見那晚，他問她的身手師從何人，她答顧霓裳時，他語氣神態頗為失望。

他的喜好太皇太后應該清楚，既然不怕把柳妃賜給他會被事發，從另一方面也佐證了他根本不碰妃嬪的事。

但如果這樣推測，柳妃入宮的目的就有待深查了。太皇太后也是，帝王不舉，她再選妃也沒用，那她把柳妃放到帝王身邊的目的又是為何？

暮青皺眉，她知道，她的這一切推測很多是假命題，如果太皇太后只是在選妃之事上出了紕漏，確實不知柳妃非完璧之身，那她的很多推測就都不能成立。

果然這點線索要理出頭緒來，還是太少了。

山風徐徐，少年半低著頭，眉峰一會兒淺蹙，一會兒舒展，一會兒又蹙起，沉浸在思索中，久未發現氣氛有些靜。山風捲著男子華袖，晨光落去，似覆了清霜，清晨山間晨露微溼，冷浸了兩袖紅雲。

不知多久，聽一道隱含怒意的聲音：「暮青！」

暮青抬頭，見男子自昨夜促膝暢談後，再一次褪了那懶散神色，臉上覆一片沉怒，眸光懾人得能殺人。

她在男子沉怒的目光裡只挑了眉頭，面色清冷，「陛下何事？」

她懂他為何發怒，被看穿此事發怒很正常，不怒才不正常。

「妳！」見她竟還問他何事，男子臉色逼出幾分鐵青，欲言又止了半晌，問：「妳……驗完了嗎？」

「驗完了。」暮青看一眼地上白骨。

宮人侍衛被殺，有些線索已斷，不必再蒸骨驗傷，只是就今早發現的新線索。

她還需再理頭緒，以找出下一步查凶的方向。

她垂眸，繼續思索去了。步惜歡瞧了她半晌，忽然怒笑一聲，紅袖怒甩，大步離去。

「回宮！」

回宮時的路依舊是出來時的暗道，步惜歡在前，一路紅袖颳著冷風，暮青在後，一路思索案情。

行至暗道盡處，步惜歡將手伸進牆上嵌著的羽人玉燈裡，往那燈芯兒上一按，忽聽有水聲在面前石牆後頭傾洩而去，一會兒，石階上的暗門打開，溼暖的水氣迎面撲來。

暮青在後頭瞧著，眸中有些驚色。她只知下來暗道的機關在龍眼處，倒未曾想到上去的機關在燈芯裡。雖然燈芯的火苗兒溫度不高，徒手便能滅，但大抵少有人能想到出口機關在燈芯兒下，要開暗道，先要將手伸進那油裡火裡。這機關的設置，稱得上是巧思了。

隨步惜歡上了暗道臺階，回了合歡殿九龍浴臺，暮青一上來便瞧了眼腳下，果見腳下玉池水盡，卻仍有氤氳暖氣，果然剛才聽見的是這池中水洩去的聲音。她記得昨夜走時，池中水是放掉的，看來是機關設置巧妙，在他們走後水又蓄滿了池子，如此一來即便有人進殿，也難發現水下有暗道。

暮青眸中露出讚色，為這暗道機關的周全。讚嘆過之後她又低頭，繼續思索案情了。

步惜歡回身，瞧見的便是她這副垂眸深思的模樣，眸中幽色深浸，袖中玉指朝那浴臺上的龍頭處隔空一彈，那龍頭正中嵌著的翠玉忽凹下去，池周九道玉龍口中水柱齊湧，頓溼了兩人鞋面。

暮青抬頭，眸中清冷刺人。

「妳想滿身臭氣地喚宮人進殿服侍？是怕有人不知妳昨夜出宮了？」步惜歡懶看她一眼，眉宇間沉色不減。

暮青聞言，面色更冷，「陛下想與鞋底的山泥一起沐浴，臣沒意見，自便！」

她素袖一甩，颳出的冷風帶著昨夜煮屍的腐氣，上了浴臺，步下龍臺，往後殿而去。

她也知道這一身腐屍氣定要沐浴過後才能喚宮人進殿來的，但她沒興趣和鞋底的泥一起沐浴。驗屍是她的工作，工作時她不在乎屍體腐敗的味道有多重，但工作之外她有潔癖！

暮青進了後殿，往桌旁坐了，懶得與人生閒氣，轉念便又去理今早驗屍的頭緒去了。

不知多久，殿門處遠遠傳來步惜歡的聲音：「服侍朕沐浴。」

男子的聲音涼而沉，暮青抬眼，見他烏髮已散，外袍已去，玉帶鬆繫，一線玉色惹人眼，眉眼間卻無前夜殿中相見時的媚色春情，只含著那濃濃懶意，似未睡醒般，慵懶，淺涼。

只瞧了她一眼，他便轉身離去，只留下那衣袖如雲，燒紅了半邊殿宇，待那身影被大殿華帳遮了去，才聽聲音又遠遠自前殿傳來：「池水無垢。」

暮青起身，步惜歡貴為帝王，錦衣玉食，她相信他也無法忍受和鞋泥一起沐浴。方才她進殿的時辰應該不短，想來池中水應換過了。她行出後殿，將鞋襪脫了放在九龍浴臺下，赤足上了玉階，未解衣便入了池中。

外頭天色已大亮，再不喚人進殿，該有宮人起疑了，時辰容不得兩人各自沐浴，暮青便也不介意共浴了。反正她未解衣衫，他不舉，還能發生何事？

暮青見步惜歡坐在她對面，微闔著眼，華袍染了一池氤氳，紅雲咫尺，那容顏卻有些模糊，不似人間色。瞧他靜靜沐浴著，未再開口讓她服侍，她便也垂眸，靜浴著了。

今早驗骨，線索頗雜，她理了半天也沒頭緒。她只想找殺柳妃的凶手，然後順著查殺父元凶，結果柳妃身邊的宮人侍衛全被處死，最直接的線索斷了，卻查出柳妃曾生過孩子。

爹驗屍時定未驗出此事來，爹是男子，男女有別，仵作雖可驗女屍，但女子陰私之處的驗看按律需坐婆來，所以爹應該不是因看出柳妃的祕密來而被滅的口。

但這只是最正常的推理，假如對方怕他看出來，寧可錯殺也不肯放過呢？這種可能性是有的，所以柳妃生過孩子這條線索不能放過。凶手若是因此事對爹起的殺心，那就定與柳妃的祕密有關聯，所以揭開柳妃的祕密，很有必要。

可是要查這條線有點難，柳妃的孩子不太可能生在盛京，她去盛京選妃，入京後便進入宮局教導宮規，哪有時間在那裡與人珠胎暗結？所以要查此事，應去一趟上陵。可上陵地處江北，她如今被困汴河行宮……

暮青皺著眉，未見對面男子已睜眼瞧了她許久。池水暖著八面華帳，男子懶倚玉臺，身子半浸在水中，那容顏玉人一般，眸底神色卻幽沉難辨。

她可真行！他命她侍浴，只是為喚她來沐浴，以她的聰慧相信也瞧得出來，但她真就理所當然地受著了？難道不該對他說句軟話，沒瞧見他還氣著？

步惜歡愈瞧暮青，眉蹙得愈緊，等了一刻鐘，見她一眼都未抬起過，忽然便從池中起身，大步而去。

他赤著足，衣袍也是溼的，竟就這麼開了殿門沿廊下走了，留下殿外陣陣吸氣聲和一路相隨的「陛下」聲。

還好他未惄得失了神智，出殿時甩上了殿門。暮青坐在池中，抬眼望那緊閉的殿門，一臉莫名。這人真是莫名其妙，今晨回來晚了，他也知道再不喚宮人進殿會惹人起疑，侍浴時辰上根本就來不及，他本意就是叫她來沐浴的。既然如此，他生什麼氣？

暮青皺了皺眉頭，她往日驗屍後都是要以藥草沐浴的，但今日這一身腐屍的氣味，總不好傳宮人拿藥草來，以清水沐浴便要泡得久些。她以為宮人會馬上便進來，但過了許久也未見有人來，她聞著身上氣味淡了才出了水，走去臺階下將鞋襪提上來，扔入了池中，這才入了後殿，喚來了宮人。

宮人捧著新衣而來，暮青不用人服侍，自提了去帳中換了出來，見昨日清晨一臉賀喜神色的宮人全都低頭噤聲，苦著一張臉。

昨日服侍她的宮女抬頭瞧了她好幾眼，目光哀嘆。好不容易遇上個好服侍的公子，未曾想一日便惹了龍怒，陛下這一去，公子便離冷宮不遠了。

剛想著，殿外一聲太監的尖聲傳來——

「傳聖上旨意——」

進殿傳旨的是內廷大太監范通，那張一貫死氣沉沉的臉驚了後殿的宮人。暮青冷臉挑眉，率宮人們跪下，不知步惜歡又搞什麼花樣。

宮人們個個苦著臉，陛下最常讓范大總管傳的旨意，不是宣美人進宮，便是將美人打入冷宮。周美人前夜進宮是范大總管傳的旨，今晨又來，怕是要去冷宮了。

進宮時，陛下為周美人一破數例，還以為周美人的聖寵會久些，未曾想不過一日光景，果然陛下喜怒無常。

「傳聖上旨意，周美人即刻移出合歡殿，賜乾方宮西殿！欽此——」范通音調拉得老長，垂著眼皮子瞧人，那目光落在暮青身上的時候，眼皮子略微有些抖。

暮青領旨起身，抬腳便往殿外走，乾方宮？管他是何處！她本就不是步惜歡的男妃，何懼冷宮。

她走得太乾脆，范通都在後頭愣了一愣，反應過來甩了拂塵，帶著嗚嗚啦啦一幫宮女太監頭前兒帶路了。合歡殿侍候暮青的宮人們趕緊起身跟上，一路你瞧我我瞧你，人人震詫。

乾方宮！

那、那是陛下寢宮啊！

方才陛下不是惱了周美人？那溼衣赤足拂袖而去，殿外候著的可都瞧得真真的，怎麼轉眼不是罰周美人，而是又添了聖寵？

宮人們跟在後頭小碎步跟著，邊跟邊拿袖子擦了擦額頭。這事真是應了那句君心難測，陛下真是喜怒無常、喜怒無常……

暮青跟在范通後頭，一路所見，宮殿巍峨，行宮闊麗，愈行愈見明殿瓊樓，全然不似往昨夜出宮時那等廢棄宮殿的偏僻處行。待行至那乾方宮前，抬頭一瞧，只見晨陽正升在殿後，玉殿巍巍，披了金輝。

范通往殿門前門口立了，眼皮子又垂下了，「陛下口諭，周美人來了，自進殿中見駕。」

暮青掃一眼殿外肅殺逼人的披甲侍衛，再掃一眼垂首斂眸見人眼都不抬的宮人，便知這乾方殿並非冷宮，應是步惜歡的寢殿了。才氣呼呼地走人，便下旨讓她搬來他的寢殿，這廝唱哪齣？

暮青抬腳走了進去，見宮人都立在了外殿，內殿裡花梨生香，金毯瑰麗，鋪開華闊大殿，帝家威嚴。金毯上，置一紫檀雕案，有人席地坐於案旁，烏髮未束，大袖華衣，紅雲落了人間般，剎那濃豔。

步惜歡手執碗筷，案上已布了早膳，暮青走過去，見他對面置了副空碗筷，看著是為她準備的，但他沒出聲，她便立在一旁沒坐下。此處是帝王寢宮，外殿是宮人，窗外有侍衛，不知是否都是他的人，她還是做做樣子得好。

步惜歡夾了只素包嘗了口，沒抬眼。暮青立在一旁，也不出聲，兩人就這麼僵持著，步惜歡的素包嘗到第三口，眉宇微沉，「杵在那兒做什麼，一夜未用膳，不餓？」

他懶洋洋開口，只語氣不佳：「用膳吧！餓死了，少個為朕出力的。」

暮青眉一挑，聽他這麼說便知殿外窗外都是他的人了。她這才大大方方去對面坐了，端起面前玉碗銀筷，自盛了碗清粥。案上清粥小菜、素包白蛋，瞧著不似帝王用的早膳，暮青卻眼熟得很。

這是昨天早晨她用過的早膳，宮女布了滿滿一桌，她因吃慣了清粥小菜，便只動了幾樣古水縣家中常吃的，眼前案上擺著的都是昨天早晨她動過筷子的。

暮青嘗了口清粥，宮中便是清粥熬得也香濃些，其實全然沒有家中與爹一起吃時的味道，但她還是抬眸瞧了步惜歡一眼。

他讓她有些意外。

他是帝王，胸有乾坤，眼望天下，竟還看得見這些微小之處。今早他拂袖而去，她還以為在他需要她查刺史府的案子前都不會再見她，沒想到轉眼便將她傳了來。方才他開口，明顯餘怒未消，竟沒晾她太久，還願與她共桌用膳。

這對上位者尤其是帝王來說，很難得。

不計小過，還算有些胸懷。

暮青低頭喝粥，脣邊牽起淺淡笑意。那笑頗淡，步惜歡抬起眸來，一愣。

清晨宮燭已冷，殿內蘭膏清幽未盡，有人獨坐對面，少年衣，氣韻清卓，獨那淺笑添了女兒情。

男子瞧得愣住，玉碗裡，一只嘗了一半的素包靜靜躺著，久未動筷。

對面，暮青靜靜喝著粥，也久未動筷，垂著的眸久未見抬起，脣邊笑意也漸漸淡去。這模樣，步惜歡瞧了一早，一眼便瞧出來了，她又神遊天外，八成是思索案情去了。

從山上回宮，她便想了一路，沐浴時在想，如今用膳還在想！他在她對面坐著，進了殿她都沒跟他說過話，他就這般容易被忽視？

男子面色淡了些，玉碗往桌上漫不經心一放。

喀！

玉音清脆，寂靜的殿裡頗好聽，外殿裡垂首立著的宮人卻齊齊抖了抖。

暮青目光落在碗裡，根本沒發現對面帝王已落了碗筷。

盛京宮中，太皇太后在此案中扮演著什麼，她還沒看透。江北上陵，又有柳妃的事待查，線索分散兩地，她困於汴河行宮，如何行事？

晨光自窗臺照進，灑在少年肩頭，襯得那微低的容顏沉靜，一貫的清冷裡添了幾分愁緒。

殿中極靜，不知多久，忽聽一聲淺淺嘆息。

「柳妃乃原上陵郡丞之女。」男子嘆了一聲，晨光照著眉宇，似有無奈在其中。

暮青抬頭，愣住，瞧了步惜歡半晌才道：「原？」

「嗯。」男子懶洋洋瞧暮青，「上陵郡丞兩年前因病故去，柳妃無所依靠，往盛京投親，她是在盛京入的宮。」

暮青又愣了一陣兒，目光一變！也就是說，她之前想錯了，柳妃的孩子許不是在江北生的，而是在盛京？

如此一來，分散的線索合起來了！

一切，指向盛京！

暮青眸中清光復現，亮了大殿，她望住步惜歡，眼底神色一時複雜。她知道他為何昨夜在山中不告訴她這麼多，他們之間本就是交易，她替他辦事，他指給她尋凶之路。於他來說，自然是給她的提示愈少，她查得愈久，他便能留她愈久。

但今日他還是說了……

他本可以不說，留待下次，或者乾脆讓她去江北撲個空，延長她查案的時日……

少年望著對面帝王，許久，笑意又起，雖淺，但真誠，「多謝。」

那笑淺得似清早的陽，卻霎時暖了明殿華堂。

步惜歡懶洋洋起身，負手往外殿走，晨陽透過窗棱照見男子眉宇舒展，脣角一抹舒心笑意，嘴上卻道：「得了吧！朕可不吃妳這套，別想哄著朕再給妳更多提示，朕可不想少個人才用。好生歇著吧，昨夜累了一宿。」

昨夜累了一宿的可不只她，他也是，卻不知有何事，出殿去了。

暮青碗中清粥未冷，低頭嘗了口，笑意淡去，眸底落一片剪影。

學成文武藝，貨與帝王家。她這一身才學，一世天下無冤的抱負，都錯附在女兒身上。這封建王朝，這皇權天下，容不得女子為官，能在古水縣做一世不領朝廷俸祿的女仵作已是一生幸事，奈何世事不容，走至今日。

步惜歡惜她的才學，將她困在身邊，讓她為他所用，平的卻不是百姓之冤，而是他的皇權事。縱然她依舊能查案，依舊能用她一身才學謀一條生路，這卻並非她的抱負所在。

大興無女子為官的律例，這才學被帝王瞧上又如何？終究是為不了這天下蒼生的。

既如此，她寧可廢棄這一身才學，永世不用！如今還留在他身邊，不過是利益交換，為尋殺父真凶。

可方才，線索已明，她心中計畫已成。但她素來恩怨分明，步惜歡給了她兩個提示，她便幫他兩次，互不相欠後，她再想法子離開這行宮，自去走那條她已思量好的路……

步惜歡昨夜帶暮青驗了柳妃的屍骨，她猜今夜該去刺史府了。

服侍暮青的宮人還是合歡殿裡那一撥，用過晚膳後，暮青便要來了醫書，就燈靜看，靜等。

步惜歡來時便瞧見少年白袍素冠，坐在燈下看書。殿中蘭香淡雅，羽人花燈彩影綽綽，映得那人坐在彩錦裡，似畫。

暮青發現步惜歡在殿外時，宮人們已垂首靜立，不敢出聲已久。她瞧那殿外時一愣，見男子眉間似有抹柔色，夜裡瞧不太真切。見她望來，他便笑著走進來，臉上一副春情濃濃的媚色。

「一日不見愛妃，朕心甚念。愛妃可願與朕共浴，同赴良宵？」他說著，來牽她的手。

暮青一瞧便知道，這是要出宮了。

兩人去了合歡殿，依舊從九龍浴臺下的暗道走，出來時卻非昨夜的舊殿。昨夜那舊殿院中長滿荒草，今夜這殿院子裡還算乾淨，遠一望，偏僻的配殿裡似有燭光。

那燭光微弱，不似華殿夜裡燈火通明，似只點了一盞燈，細聽也無人聲，夜裡愈發覺得清冷幽幽。

暮青掃了眼宮牆，牆上的漆掉了不少，分明這殿也是舊殿。

舊殿，又有人住，莫非是冷宮？

這念頭不過閃念，步惜歡已帶著她出了殿門，拐過一角，見一條深窄的宮巷，巷子盡頭一道小門，出了小門，一輛馬車停在那裡。兩人上了馬車，只過一道小廣場，便見了宮門。

出了宮門，青石長街在腳下鋪開，馬車行出長街，漸見火樹銀花不夜天，一路長馳，直奔東街。

車從刺史府後門而入，停在一處閣樓外。暮青下車時瞧這閣樓外一片海棠林，海棠已落，景致不似幾日前，卻儼然是她夜探刺史府那日扮作工匠漆過的閣樓，也是她被迷暈後關著的地方。

步惜歡帶她進了閣樓，要她在樓下坐等，自去了樓上。

暮青立在樓下，見樓下仍無擺設，月色透窗灑落進來，落一地斑駁，梨香淺淺，漆香比關她那夜淡了許多，幾乎聞不著了。

她唇邊露出冷嘲，這處閣樓傳言是陳有良的老娘要來，才特意翻新的，如今看來顯然不是如此。她費盡心思扮成工匠進來，指不定從那時就入了步惜歡的套兒。

她心中生悶，轉身往窗邊走，想推開窗子透透氣，目光往地上一落，微微一變！

方才地上還是樹影斑駁，如今那斑駁一邊卻覆了大片陰影。

這窗外是海棠林，月色透過枝頭落進屋裡，瞧見的本該是樹影，這大片陰影哪裡來的？

暮青目光微變，腳步卻未停，依舊走到窗邊推開了窗子，窗子一開，夜風拂面，她袖口寒色乍現，刺風破月而去！

月色裡，枝頭密處忽聽一聲朗笑：「周兄使得一手好暗器！」

那聲周兄聽來有幾分戲謔，暮青只見一道青影自樹間飄落，似駕了青雲，林中遍地殘紅，那人落於其上，半分聲響不聞，緩緩行來，只見翩翩天青色，不聞公子足下音。

夜風低捲，殘紅拂過草隙，尚能聽見颯颯低音，那人行來，似在草尖兒上走，所行之處，殘花不敗細草不折，暮青盯住那人腳下，眸中漸起驚色。

好高深的輕功！這一驚之際，那公子已在窗外，隔著閣樓軒窗搖扇笑望她，扇後玉手修長，指間一把薄刀。

暮青不望自己擲出的刀，只望那公子，「閣下何人？」

這人她記得，只是至今不知名姓。

那公子聞言，細長的丹鳳眼月夜裡飛出幾分奕奕神采，似模似樣作揖見禮，「在下魏卓之，見過周兄。」

魏？

暮青皺眉，臉色寒了，「哪個魏？江南魏家？公子魏？」

「周兄聰慧，正是在下。」

魏卓之一笑，他這身華衣，又這般輕功，又自報了姓氏，世上猜不出他是何人的甚少。

暮青能猜得出是理所當然，這聲聰慧的稱讚怎麼聽都有幾分戲謔之意。

他邊笑邊將手中的刀奉上，暮青寒著臉，伸手接過，自嘲一哼。

公子魏，春秋賭坊的東家，江湖人士，怪不得連他的侍女都使得一手好毒。

那夜她去賭坊，此人與步惜歡應都在坊中，她那夜還猜步惜歡是公子魏，未曾想正主兒就在他身邊。

暮青瞧了魏卓之一眼，想著自己夜探刺史府那晚，定是他與步惜歡一同設的套兒，便愈看此人愈不順眼，刀收回，順手啪一聲將窗關了！

那窗關得太乾脆，險些撞了魏卓之的鼻子，聽暮青在窗內冷道：「不必稱兄道弟，閣下比在下老！」

魏卓之嘴角一抽，摸摸鼻子，窗關了，他只得繞路走門口進屋。

剛走到門口，見有人從遠處急匆匆而來，人未到近處便問：「魏公子，主上可到了？前頭已準備升堂了。」

一品仵作 壹

MY FIRST CLASS CORONER

作　　者／鳳今
發 行 人／黃鎮隆
副總經理／陳君平
副　　理／洪琇菁
執行編輯／陳昭燕
美術監製／沙雲佩
美術編輯／方品舒
國際版權／黃令歡、梁名儀
企劃宣傳／邱小祐、劉宜蓉
文字校對／施亞蒨
內文排版／謝青秀

國家圖書館出版品預行編目資料

一品仵作（壹）/ 鳳今作. -- 初版. -- 臺北市：
尖端, 2021. 04-
冊；　公分
ISBN 978-957-10-8548-7（第 1 冊：平裝）

857.7　　108004380

出版／城邦文化事業股份有限公司　尖端出版
台北市 104 中山區民生東路二段 141 號 10 樓
電話：（02）2500-7600　傳真：（02）2500-2683
讀者服務信箱：7novels@mail2.spp.com.tw
發行／英屬蓋曼群島商家庭傳媒股份有限公司城邦分公司　尖端出版
台北市 104 中山區民生東路二段 141 號 10 樓
電話：（02）2500-7600　傳真：（02）2500-1979
劃撥專線：（03）312-4212
戶名：英屬蓋曼群島商家庭傳媒（股）公司城邦分公司
劃撥帳號：50003021
※ 劃撥金額未滿 500 元，請加付掛號郵資 50 元
法律顧問／王子文律師　元禾法律事務所　台北市羅斯福路三段三十七號十五樓

台灣地區總經銷／中彰投以北（含宜花東）　楨彥有限公司
電話：（02）8919-3369　傳真：（02）8914-5524
雲嘉以南　威信圖書有限公司
（嘉義公司）電話：0800-028-028　傳真：（05）233-3863
（高雄公司）電話：0800-028-028　傳真：（07）373-0087
馬新地區總經銷／城邦（馬新）出版集團 Cite（M）Sdn Bhd
電話：603-9057-8822　傳真：603-9057-6622
E-mail：cite@cite.com.my
香港地區總經銷／城邦（香港）出版集團 Cite（H.K.）Publishing Group Limited
電話：852-2508-6231　傳真：852-2578-9337
E-mail：hkcite@biznetvigator.com

版　次／ 2021 年 4 月 1 版 1 刷　Printed in Taiwan